© Carl Hunter

Frank Cottrell Boyce erhielt für sein erstes Kinderbuch »Millionen« zahlreiche Auszeichnungen, u.a. den Luchs des Jahres 2004 und die renommierte Carnegie Medal. 2013 bekam er für »Der unvergessene Mantel« den Deutschen Jugendliteraturpreis und wurde 2015 mit dem James Krüss-Preis für sein Gesamtwerk geehrt. Mit seiner kinderreichen Familie lebt F.C. Boyce in Liverpool.

Frank Cottrell Boyce

MILLIONEN

Aus dem Englischen von Salah Naoura

CARLSEN

Außerdem von Frank Cottrell Boyce im Carlsen Verlag erschienen:
Broccoli-Boy
Der unvergessene Mantel
Galaktisch
Meisterwerk
Tschitti – Das Wunderauto fliegt wieder
Tschitti – Im Wettrennen gegen die Zeit

MIX
Papier aus verantwortungsvollen Quellen
FSC® C083411

Sonderausgabe
Veröffentlicht im Carlsen Verlag
September 2016
November 2006 (CTB 567)

Mit Dank an Pathé Features Limited
Originalverlag: Macmillan Children's Books, London
Originaltitel: »Millions«

Umschlagbild: © Sean Justice/Getty Images
Umschlaggestaltung: formlabor
Corporate Design Taschenbuch: bell étage
Druck und Bindung: CPI books GmbH, Leck
ISBN 978-3-551-31591-5
Printed in Germany

Für Joe, Aidan, Chiara, Gabriella,
Benedict, Heloise und Xavier –
mein Gold, Weihrauch und Myrrhe

1

Wenn mein Bruder Anthony diese Geschichte erzählen würde, hätte er mit dem Geld angefangen. Letztendlich geht es ja immer nur ums Geld, sagt er, also fängt man auch am besten damit an. Er hätte wahrscheinlich geschrieben: »Es waren einmal 229 370 kleine Pfund Sterling«, und schließlich mit dem Satz geendet: »Und so lebten sie alle glücklich und zufrieden auf einem gut verzinsten Bankkonto.« Aber nicht er erzählt diese Geschichte, sondern ich. Und ich für meinen Teil fange immer mit einem Schutzheiligen an, ganz egal um was es geht. Zum Beispiel, als wir in der Schule einen Aufsatz zum Thema Umziehen schreiben sollten, schrieb ich:

Umziehen
von
Damian Cunningham, fünfte Klasse

Vor kurzem sind wir umgezogen, in die Cromarty Close Nummer 7. Die Schutzheilige für Umzüge ist die heilige Anna (1. Jahrhundert n. Chr.). Sie war die Mutter der Heiligen Jungfrau Maria. Die Heilige Jungfrau Maria starb nicht, sondern fuhr in den Himmel auf, als sie noch relativ jung war. Die heilige Anna war außer sich. Um sie wieder aufzumuntern, kamen vier Engel und versetzten ihr Haus nach Italien ans Meer, wo es bis heute zu besichtigen ist. Man kann zur heiligen Anna beten, wenn man umzieht. Sie wacht dann über einen, aber direkt beim Umzug hilft sie nicht. Anna ist auch die Schutzheilige der Bergleute, der Reiter, Tischler und der Stadt Norwich. Zu ihren Lebzeiten hat sie viele Wunder vollbracht.

Der Schutzheilige dieser Geschichte ist der heilige Franz von Assisi (1181–1226), denn angefangen hat alles mit so einer Art Diebstahl, und Franz von Assisis allererste heiligenmäßige Tat war ein Diebstahl. Er klaute seinem Vater Stoff, um ihn an die Armen zu verteilen. Es gibt auch einen Schutzheiligen für richtige Räuber und Diebe: Dismas (1. Jahrhundert). Aber ich bin kein richtiger Dieb. Ich wollte einfach nur gut sein.

Es war unser erster Tag in der neuen Schule. Auf dem Schild am Eingang stand: »Great Ditton Primary – Herausragende Köpfe für eine bessere Gesellschaft«.

»Seht ihr das?«, sagte Dad, als er uns am Schultor ablieferte. »Gut ist nicht gut genug. Herausragend, das wird hier verlangt! Meine Anweisung für heute lautet: Seid herausragend! Die Anweisungen fürs Abendessen kleb ich an den Kühlschrank.«

Was mich angeht, so versuche ich immer, genau das zu tun, was Dad mir sagt. Nicht dass ich denke, er geht weg und verlässt uns, wenn wir ihm Probleme machen, aber wozu das Risiko eingehen? Also war ich gleich in der ersten Stunde herausragend. Mr Quinn nahm im Kunstunterricht Menschen, die wir bewundern durch. Ein großer Junge mit Sommersprossen am Hals schlug Sir Alex Ferguson vor und zählte alle Pokale auf, die United während seiner Amtszeit als Trainer gewonnen hatte. Ein Junge namens Jake meinte, Spieler wären wichtiger als Trainer, und schlug Wayne Rooney vor, wegen seines eigenwilligen Stils. Mr Quinn warf einen Blick in die Runde. Mal rein pädagogisch betrachtet war Fußball nicht so ganz das, worauf er hinauswollte. Ich hob meine Hand. Er nahm ein Mädchen dran.

»Ich kenne keine Fußballspieler, Sir.«

»Es muss ja kein Fußballspieler sein.«

»Oh. Da fällt mir nichts ein, Sir.«

Ich nahm die andere Hand zu Hilfe, um meine Hand noch höher zu stemmen.

»Damian, wen bewunderst du?«

Inzwischen diskutierten die meisten die Frage Trainer oder Spieler.

»St. Rochus, Sir.«

Die anderen hörten auf zu reden.

»Für wen spielt der?«

»Für niemanden, Sir. Er ist ein Heiliger.« Die anderen kehrten zum Thema Fußball zurück.

»Er bekam die Pest und versteckte sich im Wald, um niemanden anzustecken, und eine Hündin kam und fütterte ihn jeden Tag. Dann begann er Wunderheilungen zu vollbringen und die Leute – Massen von Leuten – kamen zu ihm in seine Waldhütte. Er hatte solche Angst irgendjemandem etwas Falsches zu sagen, dass er in den letzten zehn Jahren seines Lebens überhaupt nicht mehr sprach.«

»Von der Sorte könnten wir hier in der Klasse ein paar gebrauchen. Danke, Damian.«

»Er ist der Schutzheilige gegen Pest, Cholera und Hautkrankheiten. Zu Lebzeiten vollbrachte er viele Wunder.«

»Tja, man lernt nie aus.«

Inzwischen hielt er Ausschau nach weiteren Meldungen, aber ich genoss es, herausragend zu sein. Katharina von Alexandria (4. Jahrhundert) fiel mir ein. »Sie sollte einen König heiraten, aber sie meinte, sie wäre ja schon mit Jesus Christus verheiratet. Daraufhin versuchte man, sie auf einem großen Holzrad zu zerquetschen, aber es zersprang in tausend Splitter. Große, zentimeterlange Splitter, die in die Menge flogen und viele Zuschauer töteten oder ihnen die Augen ausstachen.«

»Ganz schön heftig. Kollateralschaden, was? Na ja, danke, Damian.«

Mittlerweile hatten alle aufgehört über die Frage Trainer oder Spieler zu diskutieren und hörten mir zu.

»Danach schlug man ihr den Kopf ab. Was sie zwar tötete, aber statt Blut sprudelte Milch aus ihrem Hals. Das war eins von ihren Wundern.«

»Danke, Damian.«

»Sie ist die Schutzheilige der Krankenschwestern, Feuerwerkskörper, Radmacher und der Stadt Dunstable – das liegt in Bedfordshire. Das Feuerrad wurde nach ihr benannt. Sie ist eine jungfräuliche Märtyrerin. Es gibt auch noch andere berühmte jungfräuliche Märtyrerinnen. Zum Beispiel die heilige Sexburga von Ely (670–700).«

Die Klasse brach in Gelächter aus. Immer lachen alle über diesen Namen. Wahrscheinlich lachten die Leute in den Jahren 670–700 auch schon darüber.

»Sexburga war die Königin von Kent. Sie hatte vier Schwestern, die alle heilig gesprochen wurden. Sie hießen …«

Bevor ich Ethelburga und Withburga erwähnen konnte, unterbrach mich Mr Quinn: »Damian, ich sagte danke!«

Er hatte sich tatsächlich viermal bedankt. Wenn das nicht bedeutete, dass ich herausragend war, was dann?

Obendrein war ich künstlerisch inspirierend, denn fast alle Jungen malten Bilder vom Kollateralschaden bei der Hinrichtung der heiligen Katharina – es gab massenweise herumfliegende tödliche Splitter und aus Hälsen hervorspritzende Milch. Jake war der Einzige, der Wayne Rooney malte.

Beim Mittagessen in der Schulkantine hielt mir ein Junge einen Hamburger unter die Nase und sang: »Sexburger, Sexburger!« Alle am Tisch lachten.

Ich fand das äußerst unerquicklich und wollte es gerade sagen, als Anthony kam und sich zu uns setzte. Da hörten sie auf.

Wir aßen Sandwiches mit Schinken und Tomaten und jeder hatte zwei kleine Rollen Pringles. »Ich war herausragend«, sagte ich. »Und du?«

»Damian, du fällst auf«, flüsterte er. »Du musst dich besser anpassen. Die anderen lachen dich aus.«

»Es macht mir nichts aus, ausgelacht zu werden. Verfolgung ist eine gute Sache. Joseph von Copertino hat man ausgelacht, bis er lernte zu levitieren.«

Der große Junge mit dem Sommersprossenhals kam und setzte sich. Sein Bauch blieb an der Tischkante hängen und drückte sie nach unten. Meine Pringles rollten zu ihm hinüber. Er nahm sie sich und öffnete sie.

»Das sind seine!«, sagte Anthony und deutete auf mich.

»Und wer bist du?», fragte der Sommersprossenhals.

»Sein großer Bruder.«

»So groß bist du nicht. Mir gehören alle Pringles hier.« Ein Krümelregen staubte von seinem Mund herab. »Steht so in der Schulordnung.«

»Du kannst ihm seine Pringles nicht wegnehmen. Er hat keine Mutter.«

»Wie denn das? Jeder hat doch eine Mutter. Sogar die ohne Vater haben eine Mutter. Die schmecken übrigens gut, die hier.«

»Sie ist tot«, sagte Anthony.

Der Sommersprossenhals hielt inne und gab mir meine Pringles zurück. Er stellte sich mit Barry vor.

»Nett dich kennen zu lernen, Barry.« Anthony hielt ihm die Hand hin. Er war immer bereit Freundschaft zu schließen. »Wo wohnst du denn?«

»Auf der anderen Seite der Brücke, bei diesem Laden, der rund um die Uhr geöffnet hat.«

»Sieh mal an«, sagte Anthony. »Eine sehr gefragte Gegend. Sehr gefragt.«

Mein Bruder interessiert sich total für Immobilien.

Auf dem Weg zum Pausenhof meinte er zu mir: »Das funktioniert jedes Mal. Sag ihnen, dass deine Mutter tot ist, dann geben sie dir was.«

Am Nachmittag beschloss ich, warum auch immer, einen auf St. Rochus zu machen. Ich widerstand der Versuchung, während der Rechenstunde zu sprechen, meldete mich nicht, beantwortete eine Einmaleinsfrage nicht mal, als ich aufgerufen wurde. Als Mr Quinn mich fragte, ob alles okay sei, hätte ich gern geantwortet. Stattdessen nickte ich nur. Ich beteiligte mich zwar nicht am Unterricht, aber ich war auf eine andere, weniger auffällige Art und Weise herausragend.

Auf dem Nachhauseweg machte ich die ganze Zeit so weiter. Dad hatte seine Anweisungen mit einem Magneten an den Kühlschrank geklemmt.

Liebe Jungs,

es gibt Pastete mit Huhn und Spargel. Die Pastete ist im obersten Kühlschrankfach. Stellt den Ofen auf 190 Grad. Dann geht ihr Countdown gucken. Wenn die Sendung vorbei ist, ist der Ofen warm genug. Stellt die Pastete rein. Zieht eure Schuluniformen aus und legt sie übers Bettende. Zieht eure Jogginganzüge an. Dann legt ihr ein paar Pommes in den Ofen. Bis sie fertig sind, bin ich zu Hause.

Dad

Ich fand es schön, lieb genannt zu werden.

Als Dad nach Hause kam, aßen wir die Pastete. Danach gab es für jeden fünf Stücke Obst und einen halben Liter Wasser, um die Leber durchzuspülen. Als sie komplett durchgespült war, machten Anthony und ich Hausaufgaben und Dad setzte sich dazu. Ich sprach immer noch kein Wort, aber dann klingelte das Telefon und ich ging aus Versehen ran. Keine Ahnung, wie St. Rochus das zehn Jahre lang durchgehalten hat, obwohl er es zugegebenermaßen einfacher hatte, weil es zu seiner Zeit noch keine Telefone gab. Jedenfalls war es Mr Quinn. Mein eigener Lehrer rief in unserem eigenen Haus an! Wenn das nicht herausragend war!

Später kam Dad an mein Bett, setzte sich ans Fußende und sagte: »Du bist heute so schweigsam. Ist dir die Zunge angewachsen?«

Ich schüttelte den Kopf.

»Wie ich höre, bist du heute auch in der Schule so still gewesen.«

Ich nickte.

»Gibt es etwas, was du mir sagen willst?«

Erneutes Kopfschütteln.

»Okay. Dann wird es Zeit zu schlafen.«

Er hatte die Tür fast geschlossen, als ich das Schweigen einfach nicht mehr aushielt. »Was hat Mr Quinn gewollt?«, fragte ich.

»Ach, einfach nur reden. Er war's, der mir erzählt hat, dass du heute so wenig gesagt hast.«

»Er hat sich viermal bei mir bedankt, also muss ich ziemlich herausragend gewesen sein. Hat er gesagt, dass ich herausragend war?«

»Er meinte ... Ja, er meinte, du wärst herausragend gewesen.« Dad wuschelte mir durchs Haar. »Einer unserer Kunden hat mir heute von dieser Wintersporthalle erzählt. Das Schneeparadies. Da kann man Schlitten fahren oder sich mal auf ein Paar Skier stellen. Hättest du Lust?«

Ich war mir nicht sicher.

»Fürs Herausragendsein. Als Belohnung.«

»Na okay.«

»Okay. Wir gehen gleich morgen nach der Schule – weil du herausragend bist.«

Das Schneeparadies war Oberklasse. Innen drin gibt es richtigen Schnee, aus Eiskristallen, die von einer großen Schneekanone ausgespuckt werden. Wenn man reinkommt, muss man einen speziellen Schneeanzug anziehen. Man darf nicht zu zweit auf einen Schlitten, aber als Anthony dem Mann erklärte, dass unsere Mutter tot sei, ließ er uns machen, was wir wollten. Wir fuhren zweimal zusammen, einmal auf dem Bauch und dreimal rückwärts die Piste hinunter.

Am nächsten Morgen wollten sie in der Klasse alles darüber wissen. Ich erklärte, wie die Schneekanone funktionierte, und führte gerade vor, wie man rückwärts Schlitten fährt, als ich in Mr Quinn hineinrannte, der soeben den Klassenraum betrat.

»Pass auf, pass auf!«, rief er, als ihm die Arbeitshefte runterfielen.

Ich half ihm sie wieder einzusammeln. Dabei entdeckte ich mein eigenes, das mit dem Aufsatz über die heilige Anna. Zwischen den Seiten lag ein Zettel, den Mr Quinn herausnahm und in seine Tasche steckte, als er mir das Heft zurückgab. »Was sollte das vorhin denn bitte darstellen?«

»Das Schneeparadies, Sir. Da sind wir gewesen. Es war gut.«

Plötzlich strahlte er über das ganze Gesicht. »Schön«, sagte er, »darüber könntest du heute doch deinen Aufsatz schreiben, oder? Gib eine mitreißende Beschreibung, wie viel Spaß ihr hattet. Ich wette, dass es keinen Schutzheiligen für Schneeparadiese gibt.«

Das Schneeparadies
von
Damian Cunningham, Klasse von Mr Quinn

Das Schneeparadies ist Klasse. Man kann Eis laufen oder Schlitten fahren. Die Schutzheilige fürs Eislaufen ist Lidwina (eine jungfräuliche Märtyrerin, 1380-1433), die sich bei einem Sturz auf dem Eis verletzte und dann den Rest ihres Lebens im Bett verbrachte. Sie ertrug ihr Leid klaglos und vollbrachte mehrere Wunder, zum Beispiel ernährte sie sich sieben Jahre lang ausschließlich von Hostien. Mehr über sie kann man unter www.totallysaints.com/lidwina.html nachlesen.

Die Wahrheit ist, es gibt für alles einen Schutzheiligen. Wie die heilige Klara von Assisi (1194–1253) mal zu mir gesagt hat: »Heilige sind wie das Fernsehen. Sie sind überall. Aber man braucht eine Antenne.«

2

Anthony kann nicht fassen, dass ich schon so viel geschrieben habe, ohne die Europäische Währungsunion zu erwähnen:

Die Europäische Währungsunion
von
Anthony Cunningham, sechste Klasse

Das Geld wurde 1100 v. Chr. in China erfunden. Vorher benutzten die chinesischen Kaufleute Messer und Spaten, um damit Handel zu treiben. Weil die zu schwer zu tragen waren, gab es kleine Modelle von Messer und Spaten. Sie wurden aus Bronze hergestellt und waren die ersten Münzen. Bald hatte jedes Land seine eigenen Münzen. Allein in Europa gab es die unerschütterliche Deutsche Mark, die extravagante italienische Lira, den eleganten französischen Franc und natürlich unser großartiges britisches Pfund. Das Pfund wurde im Jahr 1489 erfunden und damals Sovereign genannt. Ab dem 17. Dezember soll es durch den Euro ersetzt werden.

Wenn man ein altes Pfund zur Bank bringt, laden sie es auf einen Sonderzug, der es an einen geheimen Ort bringt, wo es vernichtet wird. Dann kehrt der Zug am nächsten Morgen mit neuem Geld zurück. Deshalb befindet sich fast das ganze Geld von England auf irgendwelchen Zügen.

Man soll die alten Münzen in unterschiedlichen Marmeladengläsern sammeln. Eins für die Fünfpencestücke, eins für die Zehner, eins für die Zwanziger und so weiter. Wenn sie voll sind, bringt man sie zur Bank zum Wechseln. Der 17. Dezember ist der »Eurotag«, an dem wir uns von dem alten Pfund verabschieden müssen.

Anthony verabschiedete sich fast jeden Tag vom alten Pfund. Jedes Mal wenn auf unserem Heimweg von der Schule ein Zug vorbeifuhr, rannte er wie ein Bekloppter bis zur Mitte der Fußgängerbrücke, um dort zu warten, bis ein Zug unter uns durchrauschte. Dann winkte er und brüllte »Alles Gute! Alles Gute, altes Pfund!«, bis der Zug schließlich in der Ferne verschwand.

So wie es klang, hätte man meinen können, dass jedes einzelne Pfund persönlich mit ihm befreundet war. Manchmal schien er kurz davor, in Tränen auszubrechen. »Stell dir das mal vor«, sagte er dann. »Mehr als fünfhundert Jahre Geschichte, einfach so zum Schornstein raus!«

Andere Male schien er sich richtig darauf zu freuen. »Stell dir das mal vor«, sagte er dann, »Weihnachten können wir von Galway bis nach Griechenland schon in derselben Währung zahlen.«

Jeden Abend, bevor wir ins Bett gingen, steckten wir alle drei unser Kleingeld in eine große Whiskyflasche, die unten an der Treppe stand. Auf dem Weg ins Bett heulte Anthony fast, wenn er seine fünf Pence hineinwarf. Morgens, wenn wir zum Frühstück runtergingen, streichelte er die Flasche dann beglückt und sagte: »Erstaunlich, wie schnell sie voll wird.«

Mir persönlich ist das egal. Geld ist nur ein Ding und Dinge ändern sich. Das jedenfalls habe ich festgestellt. In dem einen Moment ist dir etwas wirklich nahe und du kannst dich daran festhalten. Im nächsten Moment schmilzt es dahin wie Schokolade auf der Zunge.

3

Umziehen

von

Anthony Cunningham, sechste Klasse

Vor kurzem sind wir umgezogen, in die Cromarty Close Nummer 7 – ein Objekt mit drei Schlafzimmern, die nach hinten rausgehen. Es hat 180 000 Pfund gekostet, wird seinen Wert aber halten oder sehr wahrscheinlich sogar steigern! Es hat ein Dach mit Sonnenkollektoren und in allen Räumen eine kostengünstige Zentralheizung. Das Haus hat noch zwei Badezimmer, zusätzl. zum Hauptbdz. Großzügige Gartenanlagen an Front- und Rückseite ergänzen das Bild einer exklusiven Neuerschließung in einem halb ländlichen Gebiet. Ich habe endlich ein eigenes Zimmer. Die Fußballertapete habe ich selber ausgesucht.

Rein architektonisch betrachtet fand ich das neue Haus enttäuschend.

Ich erinnere mich an die Cromarty Close, als sie noch aus Schnur bestand. Dad nahm uns mit zu einem großen Feld, das in der Nähe der Bahngleise lag und total von Brombeeren und Brennnesseln überwuchert war. Ein Mann mit kariertem Hemd und einem Klemmbrett als Schreibunterlage brachte uns an eine Stelle, wo man die Brombeeren entfernt und das Gras kurz geschnitten hatte. Kreuz und quer verliefen Wege aus gespannter Schnur. Er zeigte einen der Wege hinunter und sagte »Dogger«. Dann lief er zur nächsten Ecke und sagte »Finisterre«. Und dann zeigte er nach links und sagte »Cromarty«.

»Was meint ihr?«, fragte Dad. »Wollen wir hier hinziehen?«

»Ja, bitte!«, sagte ich völlig begeistert.

Also taten wir es.

Eigentlich beruhte meine Begeisterung auf einem Missverständnis. Ich hatte ihn so verstanden, dass wir auf dem Feld mit den Schnüren wohnen würden. Viele Heilige haben in seltsamen Behausungen gelebt. Die heilige Ursula (4. Jahrhundert) lebte mit elftausend heiligen Gefährtinnen auf einem Schiff. Der heilige Simeon (390–459) versuchte den Versuchungen der Welt zu widerstehen, indem er auf einer drei Meter hohen Säule hauste. Als sich dann Schaulustige versammelten und ihn anstarrten, zog er auf eine zehn Meter hohe Säule, um sie nicht hören zu müssen. Und als sie schließlich einfach nur brüllten (im Jahre 449), zog er auf eine zwanzig Meter hohe Säule, wo er bis an sein Ende in friedvolles Nachdenken versank.

Verglichen damit erschien mir ein Leben auf einem Feld voller Brombeeren und Schnüre vernünftig und angenehm. Ich freute mich darauf. Als wir kurz vor Weihnachten wieder hinfuhren, waren die Brombeerranken verschwunden und da standen vier Häuserreihen mit ausgesprochen spitzen Dächern und seltsam geformten Fenstern und ein Schild mit der Aufschrift »Portland Meadows – exklusiv, diskret, innovativ«. Cromarty Close Nummer 7 ist ein Einzelhaus mit drei Schlafzimmern, großzügigen Gartenanlagen und Solarzellen. Anthony meinte: »Einzelhäuser halten ihren Wert viel besser und drei Schlafzimmer ist die Raumaufteilung, die von den meisten Käufern bevorzugt wird. Und die Sonnenkollektoren steigern den Wert sogar noch.«

Im Vergleich zu einem Schiff mit elftausend Gefährtinnen oder einer zwanzig Meter hohen Marmorsäule kam mir unser Haus ein bisschen unheilig vor, deswegen baute ich mir eine Eremitage.

Dad wollte die vielen Umzugskartons endlich loswerden. Wir rissen sie auf und entdeckten alle möglichen Sachen, von denen wir gar nicht mehr gewusst hatten, dass wir sie besaßen. Einer war voller Vasen. Ein anderer voll mit Bettzeug. In einem lagen der ganze Weihnachtsschmuck und die Micro-Machines-Rennbahn – wir bauten sie in der Abstellkammer auf. Ich entdeckte den Karton mit Mums Kleidern und ihren Schminksachen.

Als alle leer waren, trug ich die Kartons zum Bahndamm hinüber, schob sie ineinander, und die Eremitage war fertig. Sie hatte die Form eines Tunnels, mit kleinen Klappen zum Rausgucken. Wenn ein Zug vorbeifuhr, wackelte das ganze Ding wie bei einem Sturm. Wenn es dunkel war, erhellte der Zug das Innere für einen kurzen Augenblick. Zwischen den Gärten und dem Bahndamm ragten einige Stechpalmensträucher auf, so dass die Eremitage von der Siedlung aus nicht zu sehen war. Ich nahm ein paar Dinge dorthin mit – wie z.B. mein Heiliger-Franziskus-Lesezeichen und eine Tube getönte Feuchtigkeitscreme, die ich gefunden hatte –, aber nicht viel, denn der Sinn und Zweck der Sache war ja, ein ganz einfaches Leben zu führen. Nicht rund um die Uhr natürlich, wegen der Schule, doch wann immer ich konnte. Ich bekam ein paar Kratzer ab, wenn ich mich durch die Stechpalmensträucher zwängte, aber das war in Ordnung, denn Leiden ist ja etwas Gutes (man nennt es Kasteiung).

Die Idee zu der Eremitage hatte ich von Rosa von Lima (1586–1617), die schon als kleines Mädchen in einer Hütte hinten im Garten ihrer Eltern lebte. Sie hatte mehrere wunderbare Erscheinungen, darunter die Heilige Jungfrau und der Heilige Geist, und Heimsuchungen von vielen Heiligen. Mir selbst erschien allerdings keiner, obwohl ich ausharrte, bis es richtig kalt wurde.

Ich guckte bei Google nach, um rauszufinden, warum die Eremitage nicht funktionierte, und die Antwort war eindeutig: zu wenig Selbstkasteiung. Leute wie Rosa von Lima lebten nicht einfach nur in einer Klause. Sie fasteten wochenlang. Sie liefen barfuß überallhin. Sie trugen unbequeme Kleidung. Sie geißelten sich.

Manche Formen der Selbstkasteiung sind bloß leider so unpraktisch. Sieben Jahre zu fasten ist zum Beispiel ganz unmöglich, wenn dein Vater geradezu davon besessen ist, dass man tagtäglich fünf Stücke Obst essen muss. Und was das Geißeln angeht, gab es in Portland Meadows einfach keine Möglichkeiten. Aber immerhin schlief ich in dieser Nacht auf dem Boden. Ich horchte, bis Dad das Licht ausknipste, dann stand ich auf und legte mich direkt unter das Fenster. Es war unbequem, aber genau das ist ja der Sinn. Am nächsten Morgen, auf dem Weg zur Schule, ließ ich Anthony vorausgehen und zog die Schuhe aus. Es war schön, als wir über das Feld liefen, obwohl meine Socken etwas nass wurden. Aber der Weg zur Straße rauf besteht aus kleinen Kiesstücken. Ich glaube, einer der Bauarbeiter muss jemanden beschäftigen, der bei jedem Stein die Kanten schärft, bevor man sie auf dem Boden verteilt. Es war eine richtig echte Kasteiung. Ich war äußerst versucht, auf dem grasbewachsenen Randstreifen zu laufen, doch ich widerstand. Danach war der Bürgersteig ein Klacks.

Am Schultor traf ich Mr Quinn. Er bemerkte meine Füße und fragte: »Stimmt was mit deinen Schuhen nicht, Damian?«

»Ich kasteie mein Fleisch, Sir«, sagte ich.

Ich glaube, er war beeindruckt.

In der Mathestunde kam Jake, tippte mir auf die Schulter und rief: »Au!«

»Jake, was treibst du da und ist es Mathe?«, fragte Mr Quinn.

»Ich wollte ihn bloß fragen, ob er mir sein Lineal borgt, Sir, und er pikt.«

»Was?«

Inzwischen starrten mich alle an.

»Ich hab nur Damians Schulter berührt, Sir, und es tut weh«, sagte Jake.

Mr Quinn kam und berührte meine Schulter. Dann beugte er sich zu mir herunter und bat mich flüsternd mitzukommen. »Und der Rest hier macht bitte weiter.«

Draußen auf dem Korridor ließ er mich mein T-Shirt ausziehen und ihm zeigen, was darin war. Auf totallysaints.com erfährt man was über Matt Talbot, der ständig Ketten trug. Logischerweise hatte ich keine solchen Ketten auftreiben können und mir deshalb mein T-Shirt mit Stechpalmenblättern von der Eremitage ausgestopft.

»Wer hat das getan?«

»Ich selbst, Sir.«

»Du hast dich verletzt. Nimm die Blätter raus und ich hole dir ein bisschen Pflaster.« Während er mich verarztete, sagte er: »Ich möchte, dass du nach Unterrichtsschluss zu mir kommst. Ich gebe dir einen Brief für deinen Dad mit. Du kriegst keinen Ärger, aber es ist wichtig. Okay?«

Der Brief steckte in einem braunen Umschlag. Er war ziemlich dick. Als ich ihn Dad gab, öffnete er ihn sofort. Er las ihn und schob ihn in seine Hosentasche.

»Was steht drin?«, fragte Anthony. »Machen sie einen Ausflug?«

»Nein«, sagte Dad. »Oder doch. Ja. Vielleicht. Irgendwie ja, letztendlich. Geht euch die Hände waschen.«

Ich war dran mit Spülen und Anthony mit Wegräumen. Dad sollte eigentlich den Fußboden wischen, aber als ich ins Esszimmer zurückging, um nachzuprüfen, ob wir kein schmutziges Geschirr vergessen hatten, war er gerade dabei, den Brief ein zweites Mal zu lesen. Er legte ihn weg, als ich hereinkam, aber ich sah, dass eine der Seiten gelb war und dass »Sonderfall« draufstand. Das Wort klang gut, fand ich. Irgendwie besonders.

Dad muss an diesem Abend wohl noch lange aufgeblieben sein, denn ehe er zum Zähneputzen raufkam, war ich oben in meinem Bett bereits eingeschlafen.

Mitten in der Nacht erwachte ich aus einem Traum (zu dem ich nichts sagen möchte), stand auf und legte mich wieder auf den Boden unters Fenster. Es war richtig kalt dort nach dem warmen Bett. Ich konnte nicht einschlafen. Plötzlich merkte ich, dass jemand in der Tür stand. Endlich doch noch eine Erscheinung, dachte ich. Erst als sie näher kam, merkte ich, dass es bloß Dad war. Er beugte sich zu mir herunter und flüsterte: »Pscht, Damian, du bist aus dem Bett gefallen. Ich trag dich nur wieder rüber. Schlaf weiter.«

Ich wollte ihm nicht sagen, dass ich noch wach war. Ich lag einfach so auf der Seite, damit er mein Gesicht nicht sehen konnte. Ich dachte, er würde wieder gehen, doch das tat er nicht. Er setzte sich eine Weile auf die Bettkante. Dann zog er am Kragen meines Schlafanzugs und betrachtete die Kratzer. Als er schließlich aufstand, um zu gehen, flüsterte ich: »Dad, alles in Ordnung?«

»Bist du wach?«

»Ja.«

»Schlaf jetzt.«

»Okay.«

»Damian ...«

»Ja?«

»Was ist mit deinem Rücken passiert?«

»Ach, nur ein paar Stechpalmenkratzer.«

»Damian ... Sei gut, ja? Sei wirklich gut.«

»Das versuche ich doch. Das versuche ich die ganze Zeit.«

»Ich weiß, mein Sohn. Das weiß ich.«

Dann ging er. Nach einer Weile hörte ich die Klospülung rauschen. Dann legte ich mich wieder auf den Boden.

4

Gut zu sein ist gar nicht so leicht, wie man vielleicht denkt. Zum Beispiel an dem Montag, als es an der Tür klingelte, kurz nachdem Dad zur Arbeit gegangen war. Wir sollen nämlich niemandem die Tür aufmachen, wenn er nicht da ist. Andererseits wurde es Zeit zur Schule zu gehen. Also entstand eine moralische Zwickmühle: an die Tür gehen (ungehorsam) und rechtzeitig zur Schule kommen (gehorsam) oder nicht an die Tür gehen (gut) und zu spät zur Schule kommen (böse). Anthony macht sich über derlei Dinge keine Gedanken. Er lief einfach Richtung Tür und zog dabei seinen Blazer über. Ich hielt ihn zurück.

»Dad hat gesagt, wir sollen nicht an die Tür gehen.«

»Es ist zwanzig vor«, sagte er, »wir kommen zu spät.«

Der Wer-auch-immer läutete noch mal.

»Aber Dad hat gesagt, das sollen wir nicht!« Inzwischen brüllte ich. Ich kriegte Panik. »Dad hat gesagt, wir sollen das nicht tun, und wir müssen doch gut sein!«

Anthony holte tief Luft und sagte: »Okay. Wir machen es so: Du holst deine Tasche. Wir gehen zur Schule. Wenn jemand draußen steht, dann steht er nur zufällig da. Wir machen niemandem auf. Wir gehen bloß zur Schule. Abgemacht?«

»Abgemacht.« Anthony ist sehr gut darin, moralische Zwickmühlen zu lösen, wenn er sich Mühe gibt.

Der Zufall war ein Mann in einem weißen Hemd, der eine South-Park-Krawatte trug und ein Plastiknamensschildchen mit der Aufschrift: *Terry – IT.* »Ich wohn in dem da drüben«, sagte er und zeigte auf das Haus an der Kurve.

Anthony betrachtete das Haus. »Durch diese Ecklage haben Sie ein größeres Gartengrundstück, das ist ein Gewinn, aber es ist mit Parkplätzen zugebaut, was auf dem Immobilienmarkt ein Nachteil ist.«

»Ist euer Vater da?«

»Der ist arbeiten.«

»Und eure Mutter?«

»Tot«, sagte Anthony.

»Oh.« Terry versenkte die Hände in die Hosentaschen, als suchte er etwas, das er uns schenken könnte. Anthony fixierte die Taschen erwartungsvoll. Aber Terry konnte offenbar nichts finden.

»Könnt ihr eurem Dad was ausrichten?«

»Klar.«

»Wir haben uns noch nicht kennen gelernt. Ich geh zur Arbeit, bevor andere Leute normalerweise aufstehen, aber richtet ihm doch aus, es wär cool, wenn er heute Abend so gegen sieben vorbeikäme. Fast alle werden da sein.«

»Können wir auch kommen?«

»Ja. Klar. Hey, schaut mal her!« Er fummelte an seiner Krawatte herum und sie spielte die South-Park-Melodie, was echt verblüffend war.

»Wer zum Teufel ist Terry?« Dad regte sich auf.

»IT-Terry von gegenüber. Um sieben soll man bei ihm vorbeikommen, meinte er.«

»Zu was denn? Zu einer Party? Zum Abendessen? Monopoly spielen? Ihm helfen einen Schrank zu schleppen?«

»Er hat eine Krawatte, die Melodien spielt, und er hat *cool* gesagt. Wir glauben, dass es eine Party ist.«

»So 'ne Art Nachbartreff.«

»Wie spät ist es jetzt? Ich muss noch mal los und eine Flasche besorgen.«

»Brauchst du nicht. Wir sind grad dabei, einen Kuchen zu backen. Ist das okay?«

»Ich bin überrascht.«

»Überrascht und erfreut? Oder überrascht und enttäuscht?«

»Überrascht und erfreut, dass ihr diese Gelegenheit genutzt habt, um herausragend zu sein.«

Die Idee mit dem Kuchen stammte von mir. Als wir von der Schule heimkamen, hatte ich zu Anthony gesagt: »Das ist die Chance, herausragend zu sein. Los, wir backen einen Kuchen.«

Er war dagegen, mit der Begründung, wir hätten keine Ahnung, wie. Aber ich erinnerte mich daran, dass wir früher total oft Kuchen gebacken hatten. Es war eins der Dinge, an die ich oft dachte. Manchmal träumte ich sogar davon. Ich sagte: »Stell den Ofen auf 200 Grad«, und dann legten wir los. Wir nahmen 110 Gramm Mehl und 50 Gramm Margarine, zwei Esslöffel Wasser und eine Prise Salz, vermischten alles und stellten den Teig in den Kühlschrank, wo er zwanzig Minuten liegen sollte. Weiter waren wir noch nicht gekommen. Es hatte Ewigkeiten gedauert, die Küchenwaage und das Mehl zu finden, weil wir beides seit dem Einzug nicht gebraucht hatten. Die Schutzheilige der Bäcker ist übrigens die heilige Agatha von Catania (etwa 250 n. Chr.).

Dad holte die Tüte mit dem Teig aus dem Kühlschrank und sagte: »Das ist großartig, aber es ist kein Kuchen. Es ist Mürbeteig.«

Da wurde mir klar, dass meine Erinnerung sich nicht auf Kuchen, sondern auf Quiche bezog. Wie traurig und beängstigend, wenn man merkt, dass man Teile der liebsten Erinnerungen vergessen kann.

Positiv betrachtet ist Mürbeteig allerdings vielseitiger als Kuchenteig. Man kann ihn nämlich auch als Boden für Obstkuchen verwenden. Wir machten einen aus den Äpfeln, die eigentlich als Nachtisch fürs Abendessen gedacht gewesen waren. Wir schnitten sie in Scheiben und zuckerten sie, fächerten sie auf dem

Mürbeteigboden auf, stellten den Kuchen in den Ofen und gingen unsere Haare waschen. Der Duft gebackener Äpfel erfüllte das ganze Haus. Wir setzten uns auf die oberste Stufe der Treppe und schnupperten, während sich Dad um unsere Ausgehklamotten kümmerte. Zum Glück hatten wir sie erst einen Tag zuvor getragen und sie waren noch nicht in der Wäsche. Er peppte sie mit dem Bügeleisen und einem Schwamm wieder auf. Er kämmte mir die Haare, trat einen Schritt zurück, musterte uns beide und meinte: »Herausragend. Wirklich herausragend. Auf zur Party!«

»Können wir nicht erst ein Stück von dem Kuchen kriegen? Oder einen Toast? Irgendwas. Wir sind am Verhungern!«

»Hunger ist der beste Koch. Auf der Party wird es was zu essen geben.«

Ich trug den noch warmen Kuchen über die Straße. Terry winkte uns herein und nahm ihn mir ab.

»Ich habe schon alles über Ihre Krawatte gehört«, sagte Dad.

Terry ließ die Melodie noch mal ertönen. Wir lachten, allerdings dauerte sie länger als das Lachen, weswegen wir alle noch eine Weile stehen bleiben und zuhören mussten. »Tja, Leute, das war's«, sagte Terry, als die Krawatte endlich Ruhe gab. »Die anderen sind im Wohnzimmer.«

Die anderen waren vier sehr saubere Herren in weißen Hemden und ein etwas schmuddeliger Glatzkopf in einem alten Anzug. Sie saßen alle im Kreis und hielten Papiere in den Händen. Der Obstkuchen stand nicht dort und auch sonst nichts zu essen.

Der Mann, der den Anzug trug, schüttelte Dad die Hand und sagte: »Willkommen beim Nachbarschutz von Portland Meadows. Ich bin der Polizeibeamte dieser Gemeinde – Eddie. Eigentlich gibt es hier ja noch gar keine Gemeinde, aber Sie wissen schon, was ich meine. Ich bin da, wenn Sie mich brauchen, egal, ob für Rat oder Tat oder eine Tasse Tee.«

Dad setzte sich und wir nahmen rechts und links von ihm Platz. »Ich will ganz offen zu Ihnen sein. Weihnachten steht vor der Tür und das hier sind neue Häuser. Statistisch gesehen wird es Sie erwischen. Wenn das passiert, dann rufen Sie mich an. Dann kriegen Sie eine Aktennummer von mir und können den Schaden Ihrer Versicherung melden.« Und er verteilte kleine Kärtchen mit seiner Telefonnummer.

Anthony stieß mich an, deutete auf seinen Bauch und dann auf seine Knie. Sein Mund formte tonlos die Worte: »Mein Magen hängt mir in den Knien.« Ich verstand ihn, denn mir ging es ganz genauso. Zu allem Unglück konnten wir immer noch den Obstkuchen riechen, der einsam und verlassen in der Küche stand.

Terry beugte sich vor. Wir ebenfalls. Vielleicht war es jetzt so weit. Aber anstatt uns etwas zu essen anzubieten, fing er von seiner Stereoanlage an. »Sehen Sie, dieses Prachtstück hat mich fast drei Riesen gekostet.« Er deutete auf den Kabelsalat, der sich durch das ganze Zimmer wand. »Ich hab sie selbst zusammengebaut. Es hat mich Jahre gekostet, die richtigen Teile dafür zu finden und nach den besten Schnäppchen zu fahnden. Sie ist wie ein Teil von mir. Wenn sie geklaut würde, wüsste ich nicht, was ich tun sollte. Das wäre, als würde ich einen Körperteil verlieren. Wie eine Zwangsamputation. Und mit dem Computer ist es dasselbe. Echt, da stecken meine Erinnerungen und meine Seele drin. Wenn ich das verlieren würde, das wäre wie ein Trauerfall. Die sind wie ein Teil von mir, meine Sachen.«

Essbare Sachen erwähnte er leider nicht.

»Sie können sich ja eine Alarmanlage anschaffen«, sagte der Gemeindepolizist. »Oder einen Hund. Wenn Sie den Einbrechern die Sache schwer machen, nehmen sie das nächste Haus. In diesem Fall das Ihrer Nachbarn. Andere finden das vielleicht ein wenig unsozial. Ich weiß nicht.«

»Ja, aber ich hab für dieses Haus gearbeitet, verstehen Sie. Ich BIN dieses Haus. Wenn ich …«

Einer der sehr sauberen jungen Männer beugte sich vor und sagte: »Ist das Problem hier denn nicht, dass unsere Häuser auf Sand gebaut sind?«

Dad setzte sich plötzlich kerzengerade auf. »Sand? Das sind sie doch nicht, oder? Nein, nein. Ich war dabei, als die Fundamente ausgehoben wurden.«

Der Polizist beugte sich vor. »Ich nehme an, das war doch eher im übertragenen Sinne gemeint, nicht wahr? Das steht doch in der Bibel, oder? Dass man sein Haus nicht auf Sand bauen und sein Licht nicht unter den Scheffel stellen soll und all so was.«

»Stimmt«, sagte der sauberste junge Mann. »Matthäus, Kapitel 7, Vers 26.«

»Verzeihen Sie die Frage«, sagte der Polizist. »Steht der Kessel auf dem Herd?« Terry ging raus in die Küche. Während er draußen war, fragte der Polizist die sauberen jungen Männer: »Mormonen, nehme ich an?«

»Heilige der Letzten Tage«, verbesserte einer von ihnen. »Wir sind Heilige der Letzten Tage. Ich heiße Eli. Und dies sind Amos und John.«

Ich war begeistert! »Sie sind Heilige?«

»Heilige der Letzten Tage.«

»Aber immerhin Heilige.«

Der Gemeindepolizist begann in seinen Unterlagen zu wühlen und erkundigte sich, ob es irgendwelche Fragen gäbe.

Ich hob die Hand und fragte: »Was genau ist eigentlich eine jungfräuliche Märtyrerin?«

Dad hustete und sagte: »Das nehmen sie gerade in der Schule durch. Damian, warum gehst du nicht und hilfst Terry in der Küche? Du auch, Anthony.«

In der Küche war Terry gerade dabei, löslichen Kaffee in eine Tasse zu löffeln. Nur in eine. Der Apfelkuchen stand irgendwo an der Seite. Wir hatten Zimt drübergestreut und ein paar Rosinen. Er roch wie eine Mischung aus Weihnachten und Sommer. Von niemandem beachtet stand er da. Wie festgewachsen.

»Dad hat uns hergeschickt, um Ihnen zu helfen.«

»Ist doch nur eine Tasse Kaffee. Es gibt eigentlich nichts zu tun.« Es war tatsächlich nur eine einzige Tasse Kaffee. Mein Magen machte ein Geräusch, das fast so klang, als hätte er Terrys Worte gehört. »Du kannst mal reingehen und den Bullen fragen, ob er Zucker will.«

Anthony bewegte sich nicht. »Unsere Mutter ist tot. Haben wir Ihnen das schon erzählt?«

»Ja. Ja, das habt ihr«, sagte Terry. Diesmal wühlte er im Küchenschrank. Der Schrank war mit großen Chipstüten voll gestopft. Von irgendwo darunter zog Terry zwei Schokoriegel hervor und gab sie uns. »Hier, die sind für euch. Aber spart sie für daheim auf, ich will keine Krümel auf meinem Teppich.«

Auf dem Weg nach Hause hielt Anthony seinen Schokoriegel hoch und sagte: »Unser Erfolg. Hab ich dir doch gesagt. Das klappt jedes Mal.«

»Bist du sicher, dass das ganz und gar ehrlich ist?«

»Sie ist doch ganz und gar tot, oder nicht?«

Natürlich hatte ich das auch vorher schon gewusst, aber so biologisch hatte es bislang noch niemand ausgedrückt.

Als Dad uns einholte, sagte er: »Ihr beide wart heute Abend großartig. Ich spendier euch was von der Imbissbude, alles, was ihr wollt.«

Anthony wollte Frühlingsrollen und dann Huhn in schwarzer Bohnensoße. Ich hatte irgendwie keinen Hunger. Nicht mal als Dad mich hineinlotste und mir die Speisekarte zeigte, konnte ich mich für irgendwas so recht begeistern. Das Hungergefühl war weg.

Als wir nach Hause kamen, fingen Dad und Anthony an, direkt von den Styroportellern zu essen. Ich ging und holte Teller und Besteck.

»Lass mal, Damian. Es ist spät. Wir wollen hinterher nicht noch alles abräumen. Hier, iss ein bisschen Reis.«

Ich machte einfach weiter und deckte den Tisch.

»Damian ...«

»Wir müssen die Dinge richtig tun. Das ist der Punkt.«

»Welcher Punkt?«

»Du hast gesagt, dass wir alles richtig machen sollen! Dass wir herausragend sein sollen. Das hast du gesagt. Und jetzt isst du aus der Verpackung! Das haben wir doch noch nie getan.« Inzwischen brüllte ich. »Setzt euch an den Tisch!«

Dad versuchte mich zu beruhigen.

»Damian, du denkst, du bist wütend, aber in Wirklichkeit hast du einfach Hunger.«

»Hab ich nicht. Ich will bloß, dass wir zusammen am

Tisch sitzen wie eine anständige Familie. Und dass wir die Dinge richtig tun.«

»Ich tu's, wenn du ein bisschen was isst – wie in einer anständigen Familie.«

»Na gut.«

Dad kam, setzte sich an den Tisch und gab mir ein bisschen von seinem Chopsuey.

»Wieso kannst du dich nicht mal ganz normal benehmen?«, fragte Anthony.

»Die Dinge sind ja nicht normal«, sagte Dad. »Wie soll man sich da normal benehmen?«

Und er nahm eine von Anthonys Frühlingsrollen und gab sie mir.

Sie schmeckte scheußlich. Die Füllung bestand nicht aus Bohnensprossen, sondern aus Kohl. Aber danach ging es mir ein wenig besser.

Ich glaube, die Frühlingsrolle war schuld daran, dass ich nicht richtig schlafen konnte. Ich wachte dauernd aus diesen Träumen auf. (Die, über die ich nicht reden möchte.) Nach einer Weile legte ich mich sogar wieder zurück ins Bett, um zu gucken, ob das bequeme Liegen einen Unterschied machte, aber das tat es nicht. Sobald es draußen hell wurde, schlich ich mich davon, in meine Eremitage.

Als ich hineinschaute, saß jemand drin – eine große, hagere Frau mit leuchtend blauen Augen. Ich wusste sofort, wer es war. »Klara von Assisi (1194–1253)«, sagte ich.

Sie lächelte. »So isses«, sagte sie und sah sich um. »Ich mag solche Eremitagen. Hatte selbst mal eine.«

»Ich weiß.«

»Bin immer hingegangen und hab mich dort oben versteckt. Wenn mich jemand brauchte, habe ich eine Vision geschickt. Um zu helfen.«

»Toll, wenn man das könnte. Dann würde ich hier bleiben und eine Vision von mir zur Schule schicken.«

»Diese Gabe hat nicht jeder. Ich war ungewöhnlich. Ich war wie ein menschlicher Fernsehsender. Deswegen bin ich ja auch die Schutzheilige des Fernsehens. Wegen meiner Sünden. Oder sagen wir besser wegen meiner Tugenden. Da sieht man jetzt alle möglichen Sorten von Sünden. Mich schockt gar nichts mehr, das kannst du mir glauben. Allerdings hab ich dadurch viel zu tun. Deswegen mag ich Eremitagen.«

»Weißt du, unser Haus kam mir ein bisschen unpassend vor. So verglichen mit St. Simeons Säule oder mit der heiligen Ursula und ihren elftausend heiligen Gefährtinnen.«

Sie schnaubte verächtlich. »Die elftausend heiligen Gefährtinnen sind ein Übersetzungsfehler. Wegen denen würde ich mir an deiner Stelle keine schlaflosen Nächte machen. Um die Wahrheit zu sagen, waren es nur elf, wenn überhaupt.«

»Aber es sind Tausende mit dir da oben?«

»Zehntausende oder mehr. Hunderttausende. Sogar Millionen.«

»Ich frag mich bloß, ob dir je eine heilige Maureen begegnet ist.«

Sie überlegte eine Weile. Aber ihre Antwort war nein. Andererseits, wie sie sagte, ist dort oben alles unendlich. »Absolut unendlich. Im Hause meines Vaters sind viele Wohnungen, Johannes, Kapitel 14.«

»Vers zwei«, sagte ich.

»So isses«, sagte sie. Und dann war sie verschwunden.

Vor die Wahl gestellt hätte ich mir für meine erste Vision nicht unbedingt die heilige Klara ausgesucht. Aber sie ist echt eine gute Heilige und es war sehr interessant, sich mit ihr zu unterhalten. Und jede Art von Erscheinung ist etwas Aufregendes. Also, mal rein philosophisch betrachtet, empfand ich Glück.

5

Eine der großen Verbesserungen, die den Frauen nach dem Mittelalter zuteil wurden, ist die Hautpflege. Die heilige Klara hatte sehr trockene Haut mit kleinen roten Äderchen auf ihren Wangen. Meine Mutter benutzte eine getönte Feuchtigkeitscreme, die ihre Haut pflegte und eine gute, helle Grundlage fürs Make-up bildete. Sie arbeitete in einem Kaufhaus in Manchester, in der Kosmetikabteilung bei Kendal's am Clinique-Stand. Zu ihrem Job gehörte es auch, schöner auszusehen als normale Mütter. Sie wartete immer am Schultor auf uns. Wenn sie nach Hause kam, wischte sie sich die Feuchtigkeitscreme mit einem Wattebausch ab. »Mein Gesicht abziehen« nannte sie das. Egal, jedenfalls stand sie eines Tages nach Unterrichtsschluss nicht am Schultor. Wir warteten und warteten und Mrs Deus, die Sekretärin, rief eine von den normalen Müttern an, damit sie kam und uns mit zu sich nach Hause nahm. Dad holte uns schließlich ab und hörte nicht auf sich zu bedanken und dauernd zu wiederholen: »Sie ist da, wo sie am besten aufgehoben ist.«

Wir fuhren mit Dad zu diesem besten Ort, aber ehrlich gesagt konnte ich nicht feststellen, was daran so gut sein sollte. Mum durfte das Bett nicht verlassen. Der Fernseher lief pausenlos und alle sahen unglücklich aus. Mum blieb Wochen und Wochen dort und jedes Mal, wenn wir sie wiedersahen, wirkte sie unglücklicher. Ihre Haut wurde grau und trocken wie die von der heiligen Klara. Sogar die kleinen Äderchen auf den Wangen kriegte sie. Eigentlich war das die Zeit, in der ich anfing mich für Heilige zu interessieren. Damals war viel von Heiligen die Rede. Einige der Ärzte waren Heilige. Einige der Krankenschwestern waren Engel. Die heilige Katharina von Alexandria, Schutzpatronin der Ehefrauen, wurde oft erwähnt. Und der heilige Josef, Schutzpatron der chronisch Kranken – eine Karte von ihm klebte an Mums Bettgestell.

Wenn wir drei zu Hause saßen, allein, ohne Mum, guckte ich immer bei Google nach, um mehr über die Heiligen zu erfahren. Dabei entdeckte ich totallysaints.com. Es war gut, über all diese Wunder zu lesen, die sie vollbracht hatten, und sich vorzustellen, dass die Dinge nicht immer so ausgehen, wie man es erwartet. Und eines Tages sagte dann jemand, Mum wäre nun an einem besseren Ort. Was nur wieder bewies, dass der beste Ort doch nicht der beste gewesen sein konnte, weil es nämlich irgendwo einen noch besseren gab. Aber zu dem noch besseren brachte man uns nie hin, und wenn wir genauer nachfragten, konnte ihn niemand ganz genau benennen. Wir bekamen bloß zu hören: »Sie ist an einem besseren Ort und ihr müsst jetzt ganz, ganz brav sein, für euren Vater.« Das sollte offenbar andeuten, dass er selbst an diesen besseren Ort gehen würde, wenn wir nicht aufpassten. Also passten wir auf. Immerzu und jederzeit.

Ich weiß noch ganz genau, dass irgendjemand meinte, dass wir sie an diesem besseren Ort wiedertreffen würden. Deswegen dachte ich, als wir über die Cromarty Close redeten, dass dies der bessere Ort wäre. Warum hätten wir sonst umziehen sollen? Doch als ich die spitzen Dächer sah, wurde mir schlagartig klar, dass ich einen Fehler gemacht hatte. Es war zwar ganz gut dort, aber so gut nun auch wieder nicht.

Wie sich herausstellte, war dieses Gerede über den besseren Ort mehr im übertragenen Sinne gemeint gewesen.

6

Am nächsten Tag hielt Dad mich zurück, als ich zur Schule wollte. »Weißt du noch, dieser Ausflug, von dem in dem Brief die Rede war? Der ist heute.«

»Oh. Aber kommen wir denn nicht zu spät?« Als wir mit der alten Klasse nach Llangollen gefahren waren, mussten wir um halb acht schon am Treffpunkt sein.

»Nein, nein. Es ist kein Klassenausflug. Nur du und ich. Komm, steig ein.«

Also stieg ich in den Wagen und wir fuhren los. Normalerweise sitze ich nicht vorne auf dem Beifahrersitz. Aber weil wir zu zweit waren, nur Dad und ich, tat ich es an diesem Tag. Es war gut. Er überreichte mir eine kleine fotokopierte Landkarte, auf der eine der Straßen mit einem Textmarker eingekringelt war. »Halt sie bereit, bis ich sie brauche«, sagte er. Mir kam das alles ein bisschen ungewöhnlich vor, aber ehe ich nachfragen konnte, redete er weiter. »Hier. Schau mal, was ich gefunden habe. Die haben wir schon ewig nicht mehr gehört.« Er legte die *Just William*-Kassette ein. Es war echt witzig – die Geschichte mit dem Baby, das einen Hexenschuss kriegt. Vor lauter Lachen merkte ich erst als wir ankamen, dass Dad gar nicht zuhörte. Aber er fuhr ja eine Strecke, die er überhaupt nicht kannte, also konzentrierte er sich wahrscheinlich auf die Straßenschilder.

Wir hielten vor einem großen alten Gebäude in einer breiten Kurve am Rande eines Parks.

»Was ist das?«

»Bloß ein Haus.«

Wir standen an der Tür. Dort hing ein Messingschild, auf dem ein Name stand.

»Warum heißt es denn das Huskisson-Haus? Heißen die Leute hier so?«

»Keine Ahnung. Ich kenne die Leute nicht.«

»Und was machen wir dann hier?« Ich stand kurz vor einem meiner Panikanfälle. »Ich hab mir wirklich Mühe gegeben, gut zu sein!«

»Ich weiß. Und das bist du auch. Sehr gut. Herausragend. Ich möchte, dass sie sehen, wie herausragend du bist.«

Wir betraten einen Raum mit einem Korbsessel. Auf dem Tisch lagen eine Menge Zeitschriften – das Magazin für Campingurlaub mit Wohnwagen schien mir am interessantesten zu sein. Eine Dame mit langen geraden Haaren und langen geraden Ohrringen kam herein und bat uns ihr zu folgen. Auf dem Flur stellte ich fest, dass ich die Zeitschrift aus Versehen mitgenommen hatte. Ich wollte nicht, dass jemand dachte, ich würde sie stehlen, also ging ich, um sie zurückzubringen. Als ich wieder auf den Flur trat, war niemand mehr da. Ich war schwer versucht, einfach durch den Haupteingang zu entwischen und abzuhauen, doch im nächsten Moment streckte Dad seinen Kopf aus einer Tür und rief mich herein.

Als ich in das Zimmer kam, sagte die Dame gerade: »Und er hat sich selbst verletzt?«

»Na ja, er hat ein paar Kratzer.«

»Wollen wir uns das einfach mal ansehen? Damian, sei doch so nett und zieh dein T-Shirt aus.«

Ich zog mein T-Shirt aus und sie betrachtete meinen Rücken und ich betrachtete die große, traurige Maske, die bei ihr an der Wand hing. Eine afrikanische, glaube ich.

»Nicht sehr tief, aber viele«, sagte sie. »Womit hat er das gemacht?«

Dad sah mich an.

»Stechpalmenzweige«, antwortete ich wahrheitsgemäß.

»Du hast das also selbst getan?«

»Na ja … Ich hab mir die Zweige ins T-Shirt gestopft.«

»Warum?«, fragte Dad.

Aber bevor ich es erklären konnte, hob sie den Finger und sagte: »Ich möchte alles Konfrontative vermeiden!« Dann stellte sie mir noch einen ganzen Haufen Fragen. Wie ich abends einschlafen würde.

Ob ich schon mal Albträume gehabt hätte. Die merkwürdigste lautete: »Siehst du Dinge, die gar nicht da sind?«

»Wenn man etwas sehen kann, dann ist es doch da, oder? Wie kann es denn nicht da sein, wenn man es sehen kann?«

»Darüber sprechen wir noch«, sagte sie mit einem strahlenden Lächeln. Dann nahm sie einen ihrer Ohrringe ab und begann damit herumzuspielen. »Ich werde dir jetzt ein paar Wörter sagen und möchte, dass du mir jeweils das erste Wort nennst, das dir dazu einfällt. Meinst du, du kriegst das hin?«

Es klang nicht sonderlich kompliziert.

»Also gut. Das erste Wort ist: klein.«

»Blume.«

»Okay.« Sie wirkte ein bisschen verdutzt und notierte etwas. »Interessant. Ungewöhnlich.«

»Kleine Blume, das ist der Name einer Ordensgemeinschaft. Ihre Schutzpatronin ist die heilige Theresia«, sagte ich.

»Du brauchst nichts zu erklären. Einfach das erste Wort, das dir einfällt. Das nächste Wort lautet Seife.«

»Spender.«

»Sehr gut. Glöckchen.«

»Aussätziger.«

Sie runzelte die Stirn und sagte »Oh«, aber dann folgte kurz darauf ein »…kay«.

»Hemd.«

»Büßer.«

Diesmal sagte sie nicht okay, sondern: »Wie bitte?«

»Büßerhemd«, sagte Dad. »So wie …«

Sie winkte ab, ohne mich aus den Augen zu lassen. »Fliegen«, sagte sie.

»Joseph von Copertino (1603–1663)«, erwiderte ich. Ich merkte, dass sie damit nichts anfangen konnte, also redete ich weiter. »Das war ein Mönch. Er soll nicht ganz richtig im Kopf gewesen sein, aber er konnte levitieren. Als die Kirche von Grotella gebaut wurde, flog er immer aufs Dach rauf, um den Arbeitern zu helfen. Ich weiß, das klingt verrückt, aber alle möglichen Leute haben ihn gesehen, sogar der berühmte Zyniker Voltaire und Leibniz, der große Mathematiker. Es ist doch sehr bezeichnend, dass Leibniz, einer der größten Denker der Geschichte, vor einem angeblichen Einfaltspinsel so viel Ehrfurcht hatte.«

Ich glaube, sie war beeindruckt, denn der Ohrring fiel ihr herunter. Außerdem fragte sie mich keine weiteren Wörter. Mit dem letzten hatte ich offenbar ins Schwarze getroffen.

»Ich weiß auch nicht, wo er das herhat«, sagte Dad.

»Totallysaints.com«, erklärte ich. »Da gibt es tolle Links und man kann per Suchbegriff rausfinden, wer der Schutzheilige von etwas ist. Mal angenommen, Sie wollen wissen, wer der Schutzheilige für afrikanische Masken ist …«

»Das will ich nicht, es ist nicht meine.« Sie klappte

ihr Notizbuch zu, hob ihren Ohrring auf und steckte ihn sich wieder an.

Auf der Fahrt zur Schule merkte ich, dass Dad sich über irgendetwas Sorgen machte, also beschloss ich ihn ein wenig abzulenken. »Wahrscheinlich ist es einer der vielen Märtyrer aus Uganda. Das sind die beliebtesten afrikanischen Heiligen. Der wichtigste wurde geköpft, aber die anderen …«

»Damian, kannst du nicht ausnahmsweise mal mit diesen Heiligen aufhören? Oder noch besser, nicht ausnahmsweise, sondern prinzipiell, kapiert? Das ist doch nicht … normal. Es ist nicht herausragend, kapiert?«

»WAS?« Ich konnte nicht fassen, was er da sagte. »Wieso denn nicht herausragend? Das ist doch der Sinn und Zweck bei Heiligen. Der Sinn und Zweck ist, dass sie …«

»Damian, ich warne dich!«

Ich beschloss, mir den Rest zu sparen, und lenkte das Thema auf Wohnwagen und Wohnmobile. Es gibt zwei verschiedene Sorten von Wohnwagen: Reisewohnwagen und Standwohnwagen. Standwohnwagen fahren nicht durch die Gegend. Reisewohnwagen haben manchmal Namen wie »Wegelagerer« oder »Diplomat«. »Warum denn das?«, fragte ich Dad. »Ich meine, man sieht doch keine Straßenräuber in Wohnwagen herumkutschieren, oder? Oder Diplomaten. Außer vielleicht die von sehr, sehr kleinen Ländern.«

Dad tat, als würde ihn das alles nicht wirklich interessieren, aber er muss meine Ausführungen doch recht interessant gefunden haben, weil er nämlich anhielt und mir zur Belohnung einen Kingsize-Marsriegel kaufte. »Hier, halt dich mit den Zähnen daran fest«, sagte er.

Als wir nach der Schule nach Hause gingen, versuchte ich Anthony alles zu erzählen. »Ich hab mir die ganze Zeit Mühe gegeben gut zu sein. Aber ich habe einfach nicht begriffen, was sie von mir wollten.«

»Sie denken, du hast sie nicht mehr alle«, sagte Anthony.

Diese Möglichkeit hatte ich gar nicht bedacht. Aber ehrlich gesagt, was soll's. Joseph von Copertino wurde auch für verrückt gehalten, dabei konnte er fliegen. Er konnte sogar wegfliegen, wenn er wollte. Kilometerweit weg.

Es wurde bereits dunkel, als wir nach Hause kamen. Die Heiligen der Letzten Tage überholten uns auf ihren Fahrrädern. Auf ihren Sturzhelmen klebten Leuchtstreifen, wie kleine glühende Heiligenscheine. Als ich an diesem Abend schlafen ging, musste ich über unsere Nachbarn nachdenken, darüber, wie toll ich es fände, wenn sie echte Heilige wären, im wahrsten Sinn des Wortes. Aber da fiel mir das mit den Letzten Tagen wieder ein, und ich fand, dass es beunruhigend klang.

Dad war süchtig nach weltlichem Wissen. Als wir noch in unserem alten Haus wohnten, war er Mitglied in einer Pub-Quizmannschaft, die sich die »Alleswisser« nannte. Sie gewannen immer. Morgens beim Aufwecken stellte er uns immer Fragen wie: »Bei welchem Sport gewinnt man, wenn man rückwärts geht?« Also beschloss ich ihn zu fragen, was »Letzte Tage« bedeutete. Zugegeben, es war drei Uhr morgens, aber ich war trotzdem sehr erstaunt, dass er mit »Woher soll ich das wissen?« antwortete, sich auf die andere Seite drehte und weiterschlief. Ich kletterte zu ihm ins Bett. Sein Allgemeinwissen hatte wirklich nachgelassen.

Aber ich konnte nicht wieder einschlafen und beschloss stattdessen aufzustehen und ein bisschen zu googlen – über die Mormonen. Schließlich fand ich latterdaysaints.org, wo alles Wichtige stand: Die Heiligen der Letzten Tage oder Mormonen sind eine christliche Religionsgemeinschaft, die 1830 in New York von einem Mann namens Joseph Smith gegründet wurde. Ein Engel namens Moroni brachte ihm zwei mit Hieroglyphen bedeckte Goldplatten. Smith stellte fest, dass er die Schriftzeichen mit Hilfe einer besonderen Brille lesen konnte und dass sie die Geschichte erzählten, wie das verlorene Volk Israels 600 v. Chr. nach Nordamerika auswanderte. Die Goldplatten und die Brille nahm der Engel wieder mit, nachdem Mr Smith alles aufgeschrieben hatte. Das Ganze klang ein wenig nüchtern.

Es war noch immer dunkel, aber ich beschloss meine Schuluniform anzuziehen und zur Eremitage hinüberzugehen. Doch sobald ich ins Freie trat, änderte ich meine Meinung, denn draußen war es eisig kalt, wie wenn in der Dusche kaltes Wasser auf einen niederprasselt, obwohl man eigentlich warmes erwartet hat. Die Vorstellung, im Bett zu liegen, war plötzlich sehr verlockend. Unglücklicherweise war hinter mir die Haustür zugefallen und ich kam nicht wieder hinein.

In der Eremitage war es auch nicht wärmer und ich fing an zu bereuen, die Fenster eingebaut zu haben. Ich rollte mich in einer Ecke zusammen und versuchte mich abzulenken, indem ich ein bisschen von der getönten Feuchtigkeitscreme auf meinem Handrücken verrieb. Es war nicht die Farbe von Mums Haut, aber es war die Farbe, die ihre Haut gehabt hatte, sozusagen. Dann versuchte ich darüber zu meditieren, wie schwierig es ist, gut zu sein. Man glaubt gut zu sein und dann wird man plötzlich für ein Problem oder nicht normal gehalten. Ich dachte über die Heiligen nach und darüber, dass Dad sie offenbar nicht mehr mochte, und vielleicht waren sie ja wirklich nicht so toll, wie alle immer taten, und all das war einfach nur ein Riesenmissverständnis. Meine Zweifel konnten aber auch eine weitere Versuchung sein, also wollte ich beten, doch alles, was mir einfiel, war: »Im Namen des Vaters und des Sohnes und des Heiligen Geistes, amen. Meine Mutter ist tot. Amen.«

Selbst für dieses kleine Gebet brauchte ich fast fünf Minuten, weil mir die ganze Zeit die Zähne klapperten. Gott muss mich trotzdem erhört haben, denn er antwortete mir. Und stellt euch vor: Er tat genau das, was alle anderen taten. Er schenkte mir was.

Gerade als ich mein Gebet beendet hatte, fuhr ein Zug vorbei. Ein heftiger Windstoß öliger Luft fuhr durch die Eremitage und ließ sämtliche Klappen klappern. Ich schaute hinaus. Der Zug hatte keine Fenster. Er war nichts als ein kreischendes schwarzes Stück Nacht, das auf Stromschienen an den Stechpalmen vorbeibrauste.

Während ich guckte, löste sich ein kleiner Brocken aus der großen Finsternis und kam durch die Luft auf mich zu gewirbelt. Er krachte in die Vorderseite der Eremitage und presste die Kartons zu Boden, so dass noch mehr kalte Luft eindrang. Wie eine fette, lederne Kröte hockte er auf der platt gedrückten Pappe.

Ich ging hinüber und berührte ihn. Es war eine Tasche. Ihr Reißverschluss klaffte auf und die Eingeweide quollen heraus. Und diese Eingeweide waren Geld. Es war weder eine Vision noch eine irgendwie geartete Heimsuchung. Man könnte es vielleicht ein Zeichen nennen. Ein überdeutliches Zeichen. Geld. Banknoten. Stapelweise. Tausende und Abertausende von Pfund. Vielleicht sogar Millionen.

7

Um genau zu sein: Dies war nicht das erste Mal in der Geschichte, dass Geld vom Himmel fiel. In der Türkei zum Beispiel mussten im 2. Jahrhundert Väter ihren Schwiegersöhnen Geld geben, wenn die Töchter heirateten, eine so genannte Mitgift. Damals lebten drei Mädchen, die völlig mittellos waren, also wollte ihr Vater die Ehre seiner Töchter verkaufen, was damals möglich war. Jedenfalls kletterte eines Nachts der heilige Nikolaus von Myra bei ihnen auf das Dach, warf drei Säcke Geld – für jede Tochter einen – durch den Schornstein und rettete dadurch ihre Ehre. Er fing schon in sehr jungen Jahren damit an, sich wie ein Heiliger zu benehmen. Zum Beispiel verweigerte er als Säugling jeden Freitag die Muttermilch, um zu fasten. Der heilige Nikolaus ist der Schutzpatron der Seeleute, Pfandleiher, unverheirateten Frauen, Kinder (wegen eines seltsamen Zwischenfalls mit drei Jungen, die in einem Pökelfass feststeckten) und Parfümhersteller. Inzwischen ist er auch noch Weihnachtsmann. Wahrscheinlich hat er von allen Heiligen die größte Karriere gemacht.

Als die Tasche mit dem Geld vor mir landete, musste ich sofort an den heiligen Nikolaus denken. Ich hätte ihn um Hilfe anrufen können. Oder den heiligen Matthäus, den Schutzpatron für Geld. Ich hätte auch die Polizei rufen können. Oder meinen Vater.

Stattdessen rannte ich über das Feld und brüllte: »Anthony! Anthony! Komm und sieh dir das an!« Ich war dermaßen aufgeregt, das muss man verstehen.

Inzwischen bin ich mir nicht mehr sicher, ob das die beste Idee war.

Als ich zum Haus kam, war es immer noch dunkel, aber in der Küche brannte Licht und ich sah, wie Anthony sich gerade Toast machte. Ich klopfte ans Fenster. Er fuhr erschrocken in die Höhe, aber dann erkannte er mich und ließ mich rein.

»Was machst du denn da draußen? Du frierst ja. Wo bist du gewesen? Warst du die ganze Nacht unterwegs?«

Meine Zähne klapperten immer noch. »Ich, ich h-h-h-hab w-a-a-as gefunden …«, sagte ich.

»Was denn?«

»Komm mit und sieh's dir an.«

Anthony zog seinen Mantel an. Er spürte meine Aufregung, aber so richtig überzeugt war er nicht. »Wehe, es ist was, was andere nicht sehen können!«

Das erinnerte mich daran, was die Frau in dem Huskisson-Haus gesagt hatte. Und wenn man tatsächlich Dinge sehen konnte, die gar nicht da waren? Wenn alles nur eine optische Täuschung gewesen war? Aber als wir zur Eremitage kamen, war die Tasche noch da. Ich zeigte auf sie.

»Was ist denn da?«, fragte Anthony.

»Du weißt doch, dass die Leute dir was geben, wenn du ihnen erzählst, dass Mum tot ist?«

Er nickte.

»Na ja, ich hab's Gott erzählt.«

Ich zog den Karton weg und Anthony sah sie: eine große Tasche, voll bis oben hin mit Geld. Sein Gesicht begann zu glühen. Er sagt bis heute, dass es das Schönste gewesen sei, was er je gesehen hat. So glücklich war er in diesem Moment.

»Und du meinst, es kommt von Gott?«

Ich nickte.

»Na, da wollte er uns aber echt eine Freude machen!«

Wir schafften es nur zu zweit, das Geld übers Feld nach Hause zu schleppen. Das muss man sich mal vorstellen. Mehr Geld, als wir tragen konnten. Ich wollte alles auf den Esstisch legen, damit Dad es sah und sich freute, wenn er nach Hause kam, aber Anthony meinte, wir dürften ihm nichts davon erzählen.

»Warum nicht?«

»Wegen dem Fiskus.«

Ich musste ihn fragen, was Fiskus bedeutete.

»Wenn Dad davon erfährt, muss er es angeben. Und

wenn der Staat davon erfährt, dann will er Steuern. 40 Prozent – das ist fast die Hälfte. Wir sollten es einfach verstecken und ganz normal zur Schule gehen.«

Aber das konnten wir nicht. Wir mussten einfach wissen, wie viel es war, und kippten alles auf den Tisch.

»Außerdem …«, fuhr Anthony fort, »wenn Gott gewollt hätte, dass Dad das hier bekommt, hätte er ihm einen Scheck geschickt, mit der Post.«

Dagegen ließ sich schwer etwas sagen.

Ich half ihm beim Zählen. Zuerst versuchten wir nur die Zehnpfundscheine zu zählen, in Zehnerstapeln. Aber wir kamen durcheinander und wussten bald nicht mehr, welche wir gezählt hatten und welche nicht. Das ganze Zimmer schien voller Geldbündel zu sein. Dann hatte Anthony die Idee, es mit Hunderterstapeln zu versuchen und sie hinterher zu zählen. Aber auch das hatte keinen Zweck. Nach zehn Minuten war der ganze Boden mit Geldbündeln übersät. Wir hatten nirgends mehr Platz zum Sitzen, geschweige denn zum Zählen. Also versuchten wir es mit Tausenderstapeln. Es waren 229 Tausenderbündel. Plus 370 Pfund Kleingeld. Das machte 229 370 Pfund. Oder zweiundzwanzig Millionen und neunhundertsiebenunddreißigtausend Pence.

Eine Weile betrachteten wir das Geld einfach nur. Dann nahm Anthony eines der Tausenderbündel und legte es quer über ein anderes. Dann nahm er das nächste und legte es quer über das zweite. Dann nahm ich ein Bündel und legte es über die anderen drei. Dann wieder Anthony. Dann ich und immer so weiter, bis wir einen Turm aus Bargeld hatten. Er wurde fast so groß wie ich, bevor er in sich zusammenfiel. Wir fingen an zu lachen.

Es war das erste Mal, dass wir Bargeld-Jenga spielten. In der darauf folgenden Woche spielten wir es jeden Abend. Das Höchste, was wir je geschafft haben, war bis zu Anthonys Augenbrauen. Aber dieses erste Mal war am allerschönsten, als wir das Spiel vor lauter Begeisterung einfach so erfanden.

Bargeld-Jenga ist ein tolles Spiel, wenn man es sich leisten kann.

Wir kamen zu spät zur Schule, aber irgendwie war das egal. Jedes Mal, wenn wir uns auf dem Pausenhof oder auf einem Korridor trafen, grinsten wir uns einfach nur an. Ein Geheimnis zu haben ist, als hätte man ein Paar Flügel unter der Schuluniform. Ich schenkte Barry meine Pringles (mit Barbecue-Geschmack), obwohl er mich nicht darum bat. Ich drückte sie ihm einfach in die Hand, als wir uns am Ende der kleinen Pause vorm Eingang aufstellten, und sagte: »Hier, lass sie dir schmecken.« Er guckte ein bisschen erstaunt.

Auf dem Heimweg gingen wir in den Laden und Anthony kaufte sich eine Sunny-Delight-Limo von der Größe einer Sauerstoffflasche. Als er merkte, wie ich sie anstarrte, sagte er zu dem Mann: »Geben Sie mir zwei.«

Während der Mann meine Flasche holte, betrat ein Mädchen aus Anthonys Klasse den Laden – die Nette mit den eng anliegenden Zöpfchen – und Anthony sagte: »Geben Sie mir drei und behalten Sie den Rest.« Und er gab dem Mann einen Zehnpfundschein und dem Mädchen die Flasche. Gerade in dem Moment kam Barry herein und rief sofort: »Ooohoo, du bist in sie verliebt! Du hast ihr eine Sunny Delight gekauft!«

»Warum soll ich ihr denn keine Sunny Delight kaufen?«

»Warum sollst du MIR denn keine Sunny Delight kaufen?«

»Na gut. Ich mach's.«

Also kaufte er noch eine Flasche – gerade als Kaloo, Barrys Kumpel, auftauchte und sagte: »Die kaufst du ja bloß, weil du Schiss vor Barry hast.«

Also kaufte Anthony eine fünfte Flasche und schenkte sie Kaloo.

Inzwischen drängten sich immer mehr in den Laden, um zu sehen, was dort vor sich ging. »Der Neue will sich bei uns einschleimen, indem er uns Sunny Delight kauft«, erklärte Kaloo.

»Ich schleime mich bei niemandem ein«, sagte Anthony und bewies es, indem er jedem eine Flasche kaufte. Dreiundzwanzig Flaschen Sunny Delight und einen Karton Walker's Chips mit Krabbengeschmack.

Nicht bloß eine Packung, sondern einen ganzen Karton voll. Einen dieser Riesenkartons, die man beim Großhändler kriegt.

»Du wirfst ja mit Geld um dich, als wenn es aus der Mode käme«, sagte der Ladenbesitzer.

»Das tut es ja auch«, sagte Anthony.

Draußen auf der Straße stürzten sich alle hungrig auf den Karton mit den Chips. Ein paar ließen ihre Fahrräder einfach auf dem Bürgersteig liegen. »Wer will uns sein Fahrrad leihen?«, brüllte Anthony. Ein paar Jungs standen auf und sahen ihn fragend an. »Einen Zehner«, bot Anthony an. Alle Fahrradbesitzer überstürzten sich, um vor den anderen bei uns zu sein. Schließlich entschieden wir uns für den *Raleigh Max* von Terry Keegan und den *Pavement Shark* von Franny Amoo. Die Bezahlung erfolgte bei Abholung der Räder vor unserem Haus, und zwar vor fünf, wenn Dad normalerweise heimkam.

Es war gut, schöne Dinge zu bekommen, ohne dauernd was über Tote erzählen zu müssen. Sowohl der *Pavement Shark* als auch der *Raleigh Max* haben eine hervorragende Federung, also fuhren wir auf dem Nachhauseweg entlang der Bahnstrecke über das Feld. Anthony redete von den vielen Sachen, die wir uns anschaffen könnten – eigene Fahrräder, vielleicht sogar Quad Bikes, neue Turnschuhe, neue Sweatshirts, Handys, Beyblades. All die Dinge, die Dad immer für rausgeschmissenes Geld hielt: Sea-Monkeys oder Xbox-Spiele oder die GameCube-Konsole oder mehr Fernsehkanäle oder Röntgenbrillen.

»Die funktionieren nicht. Da sieht man bloß Gerippe.«

»Gerippe sind doch gut.«

Als wir nach Hause kamen, machten wir nicht den Herd an, sondern telefonierten mit dem Pizzaservice. Ich bestellte mir eine mit Extrakäse und Extrapeperoni drauf. In der Wartezeit spielten wir Bargeld-Jenga und ich gewann.

Dann hatte Anthony die Idee, Monopoly mit echtem Geld zu spielen. »Das wird super«, sagte er. »Ich bin die Bank.« Aber wir hatten eben erst das Spielbrett aufgebaut, als schon der Mann vom Pizzaservice auf seinem Moped angefahren kam.

Als wir die Tür aufmachten, fuhr Dad gerade in die Einfahrt. »Was zum Teufel geht hier vor?«, fragte er, als er auf die Tür zuschritt.

»Wir haben Pizza bestellt, statt zu kochen. Wir dachten, das ist herausragend.«

»Und wo habt ihr das Geld her?«

»Ich hab das Geld«, sagte Anthony.

»Von deinem Geburtstag und so weiter?«

»Und so weiter, genau. Das sind ja Pfund, also müssen wir sie vor dem Eurotag eh noch ausgeben. Wir haben dir auch eine bestellt.«

»Was denn für eine?«

»Meeresfrüchte mit Extrasardellen.«

Anthony klappte den Karton auf und heißer Dampf quoll heraus wie Kerzenrauch. Der Duft von überbackenem Käse und saftigem Pizzateig erfüllte den Raum.

»Wie lieb. Das ist sehr, sehr lieb von euch.« Dad starrte die Pizza eine Ewigkeit an ohne was zu sagen.

»Ist es nicht die richtige?«, fragte ich.

Er stand plötzlich auf, ging in die Küche, um sich die Nase zu putzen, und kam wieder zurück. »Es ist die richtige. Es ist genau die richtige. Ganz und gar richtig.«

Ich sagte: »Pappbehälter sind auf jeden Fall besser als die aus Styropor. In Styropor werden sie matschig, glaube ich.«

»Ja, das stimmt«, sagte Dad. Seine Augen glänzten so sehr, dass ich einen Moment lang dachte, er würde anfangen zu weinen. Aber man weint doch nicht wegen einer Pizza. »Ihr seid so gute Jungs«, sagte er, nahm sich das größte Stück Pizza, das ich je gesehen hatte, klappte es zusammen und stopfte sich das Ende in den Mund. Er sah aus wie eine Gorillafratze und wir mussten alle lachen.

»Wer hat eigentlich die Pizza erfunden?«, fragte ich. Eigentlich interessierte es mich gar nicht, ich wollte bloß was zum Thema Allgemeinbildung beitragen, so wie Dad es früher immer getan hatte. Ich kann mich dran erinnern, dass er mal ein ganzes Buch über die Geschichte der Kartoffel gelesen hat.

»Die Pizza«, sagte er, »wurde in Neapel erfunden.

Ursprünglich war sie nur ein Kräuterbrot, das Händler auf dem Markt an arme Leute verkauften. Als Königin Margherita im Jahre 1889 Neapel besuchte, war sie richtig begeistert von dem Brot, deswegen beauftragte sie den berühmtesten Pizzamacher – Rafaelle Esposito – ganz speziell für sie eins herzustellen. Er hatte die Idee, Basilikum, Tomaten und Mozzarella draufzulegen. Grünes Basilikum, rote Tomaten und weißen Käse – die italienischen Nationalfarben, versteht ihr? Und deswegen heißt diese Pizza bis heute Pizza Margherita.«

Hinterher räumten wir alle zusammen ab. Es war ein toller Tag gewesen.

8

Anthony meint, ich muss den finanziellen Aspekt der Geschichte mehr betonen. Also, finanziell gesehen besaßen wir 229 370 Pfund. Am Morgen des 1. Dezember war das Geld 323 056 Euro wert. Es stimmt zwar, dass man sich Liebe oder Glück nicht kaufen kann, aber es ist echt interessant, *was* man alles kaufen kann.

Zum Beispiel 15 390 Paar Miniturboflitzer für € 20,99 das Paar. Oder 3756 schnell aufladbare Sky-Patrol-Hubschrauber mit superleicht zu bedienender Fernsteuerung für € 85,99 das Stück. Oder 22 937 Airzookas (diese Dinger, die Luftstöße verschießen). Oder 43 159 Minidrachen im Schlüsselanhänger. Oder 5736 Zuckerwattemaschinen für die Küche. Oder 1434 Shogun-Nude-BMX-Räder oder 2699 Gameboys Advance SP.

Am 1. Dezember blieben uns noch siebzehn Tage Zeit, um alles auszugeben.

Als wir an diesem Morgen unsere Haustür öffneten, warteten dort sechs Jungen und zwei Mädchen mit ihren Rädern auf uns. Anthony hatte kaum die Nase zur Tür rausgestreckt, da brüllten sie schon: »Brauchst du ein Rad, Anthony? Hier, Anthony, nimm doch das Rad!«

Anthony guckte sich jedes Rad genau an. »Eigentlich möchten wir lieber gefahren werden«, sagte er. »Von Kaloo und Tricia.« Kaloo McLoughlin und Tricia Springer hatten BMX-Räder – solche mit Pegs zum Draufstellen am Hinterrad. Anthony stieg auf Kaloos Rad und ich auf Tricias. Und so fuhren wir mit all den anderen Fahrrädern im Schlepptau zur Schule, wie eine Wagenkolonne. Alle starrten uns nach. Es war einfach toll. Am Schultor gab Anthony Kaloo und Tricia je einen Zehnpfundschein.

Tricia schien nicht so begeistert zu sein. »Das war doch nur eine halbe Meile. Zehn Pfund sind zu viel. Es muss bloß für eine Packung Glitzerstifte reichen.«

Die Sache war die, dass wir nichts Kleineres hatten als Zehnpfundscheine. Anthony ist inzwischen davon überzeugt, dass genau damit unsere Probleme anfingen. Er meint, dieses erhöhte Geldangebot hat auf unserem Schulhof ein inflationäres Umfeld erzeugt. Obwohl wir da noch gar nicht ahnten, dass es ein Problem war. Wir dachten einfach, dass wir über 229 000 Pfund hatten, die wir ausgeben konnten.

Es schien ganz leicht zu sein. In der Mittagspause aßen wir zum Beispiel keine Sandwiches, sondern etwas Warmes, und brauchten dafür nicht mal anzustehen. Peter Ahenacho stellte sich für uns an und brachte uns das Essen an den Tisch, wie ein Kellner. Tracey Edwards holte uns das Besteck und die Getränke und räumte hinterher den Tisch ab. Wir gaben jedem zehn Pfund. Danach gönnten wir uns noch eine Extraportion Nachtisch (Schokoladenkuchen) zu je zehn Pfund. Wir waren gerade fertig, als Barry auftauchte und sich zu uns an den Tisch setzte. Er hatte ein Set Walkie-Talkie-Armbanduhren dabei.

»Die haben zweihundert Meter Reichweite. Nagelneue Batterien. Passende Designerarmaturen. Was meint ihr?«

»Zehn Mäuse«, sagte Anthony.

»Nie im Leben! Du hast ihr zehn gegeben, damit sie dir eine Gabel holt. Vierzig.«

»Na gut, dann vierzig.«

Damit hatten wir an diesem Tag schon mal hundert ausgegeben.

Draußen auf dem Schulhof kamen andere auf uns zu, die irgendwelche Dinge von zu Hause mitgebracht hatten: einen Gameboy, irgendwelche Brillen, mit denen man auch im Dunkeln sehen konnte, sechs Micro-Maschines. Allein auf dem Weg vom Klettergerüst zum Klo gaben wir 150 Pfund aus.

In der Jungentoilette trafen wir Aamar aus der Fünften. Er hielt einen großen ausgebleichten gelben Karton mit nicht mehr erkennbaren Fußballspielern vorne drauf. An den Ecken war er ganz abgewetzt. »Das ist doch Subbuteo. Davon müsst ihr doch gehört haben. Es ist berühmt!«

Hatten wir aber nicht.

»Fußballspiel, Mann! Ein echter Klassiker. Das hier ist von meinem Vater, aus Urzeiten. Ein Familienerbstück.«

»Also ist es secondhand?«

»Doch nicht secondhand, Mann, antik. Echt antik. Eine Legende. Zeitlos. Guck, das sind die Mannschaften – Arsenal und Man City.«

Er öffnete den Deckel. Dort lagen eine Menge winziger Spieler nebeneinander, als ob sie schliefen. Es gab Minischeinwerfer, Krankenwagen, Schiedsrichter, Linienrichter, überdachte Trainerbänke, einen Fernsehwagen, Werbetafeln, alles. Es war eine Welt, die man im Griff hatte. Wir mussten es haben.

»Vierzig Pfund.«

»Vierzig! Du machst wohl Witze, Alter. Du würdest mir zehn geben, damit ich deinen Bleistift anspitze, Alter. Hierfür will ich das Zehnfache.«

»Hundert Pfund! Wer macht hier bitte Witze? Dafür könnte ich mir eine echte Mannschaft kaufen. Crewe Alexandria könnte ich kaufen.«

»Dann tu's doch. Aber die kriegt ihr nicht mit Trainern!« Aamar zog einen Gefrierbeutel aus seiner Tasche. Darin lagen zwei kleine Plastikfiguren mit Mänteln aus Schaffell. Einer der beiden Männer trug ein Hütchen. Der andere hatte den Kragen hochgeschlagen. Wir schnappten nach Luft. »Du wirst es nicht bereuen, alter Freund.«

»Und wie sollen wir das ganze Zeug nach Hause kriegen?«, fragte ich.

»Hundert«, sagte Anthony, »aber mit Lieferung.«

Aamar spuckte in seine Hand und hielt sie Anthony hin. Anthony betrachtete die Hand und gab ihm ein Papiertaschentuch.

Das alles war ein bisschen unerquicklich.

Nach der Schule warteten draußen vor dem Tor alle Fahrradbesitzer auf uns und brüllten: »Wollt ihr mit? Soll ich euch fahren, Jungs?«

Wir rauschten an ihnen vorbei zum Schultor hinaus, wo eine große schwarze Limousine wartete. Anthony hatte uns einen Wagen bestellt. Wir stiegen ein und winkten zum Abschied.

»Das war ein toller Tag. Wenn wir so weitermachen, haben wir das Geld im Handumdrehen ausgegeben«, sagte ich.

»Sprich leise!«, zischte Anthony. Er nickte zum Fahrer hinüber und flüsterte: »Ein bisschen haben wir gestern ausgegeben und 350 heute, bleiben uns immer noch 229 000. Wenn wir jeden Tag so viel ausgeben, brauchen wir 655 Tage, um alles loszuwerden.«

»Oh.«

»Und wir haben nur noch sechzehn, ab morgen. Allerdings haben wir das Taxi noch nicht bezahlt.« Die Fahrt kostete vier Pfund bis nach Hause, was, wenn man mal drüber nachdenkt, tatsächlich billiger war als zwei Extraportionen Nachtisch. Anthony gab dem Fahrer einen Zehner und sagte, den Rest könne er behalten. Was wirklich ein Fehler war, denn so langsam hätten wir ein bisschen Kleingeld gebrauchen können.

9

Als wir am nächsten Morgen in die Schule kamen, waren wir sofort von Leuten umringt, die uns irgendwas verkaufen wollten. Anthony kaufte: zwei Cityroller (mit Karton), ein Auswärtsspiel-Shirt von Real Madrid, *The Blair Witch Project* auf Video (jemand erzählte uns, dass man stirbt, wenn man sich diesen Film anguckt, deswegen haben wir ihn nie gesehen), einen echt handsignierten Fußball der dreifachen Siegermannschaft Manchester United, einen Karton Weltraumeiscreme, einen Stift, mit dem man unter Wasser schreiben kann, und eine als Kuli getarnte Digitalkamera (wir hatten nicht den richtigen Computer, um die Bilder runterzuladen).

Einige versuchten auch, uns irgendwelchen Mist anzudrehen – zum Beispiel diesen Spielkram, den man beim McDonald's-Kindermenü dazubekommt, oder den Kristallgarten zum Selberzüchten, den mir fünf verschiedene Leute anboten, die es alle selbst nie ausprobiert hatten. Aber das war auch egal. Wenn wir etwas ablehnten, konnte jemand anders es kaufen. Mittlerweile hatten alle Geld, weil uns fast jeder irgendwas verkauft hatte. Das Geld war überall. Und Geldausgeben war voll angesagt, so wie sprechende Jo-Jos und Beyblades. Fußball war out. Aus dem Pausenhof war ein einziger Riesenflohmarkt geworden.

Mr Quinn kam zu mir und sagte: »Ziemlich viel Wirbel auf dem Schulhof heute, Damian.«

»Alles äußerst unerquicklich«, erwiderte ich.

Er schaute mich ein bisschen komisch an.

Anthony wollte auf dem Nachhauseweg eigentlich noch ein paar fliegende Untertassen besorgen, aber als wir den Laden betraten, waren die Regale fast leer. Außer Scheuerpulver und extrastarken Halsbonbons war alles ausverkauft.

»Was ist denn bloß los?«, fragte der Ladenbesitzer. »Wo kommt das denn alles her?«

Anthony meinte, wir sollten vorsichtshalber lieber nicht mehr hingehen.

Für mich selber kaufte ich nicht viel, obwohl ich es immerhin schaffte, beim Grabbeigaben-Laden hinter der Kirche St. Margaret Mary vorbeizuschauen. Dort besorgte ich Statuen vom heiligen Franziskus, vom heiligen Martin de Porres, vom heiligen Gerard Majella und das Prager Jesulein. Außerdem kaufte ich geniale Gedenkmünzen vom heiligen Benedikt, von der heiligen Bernadette und dem heiligen Antonius. Sie hatten auch eine vom heiligen Christophorus da, aber für mich persönlich zählt er nicht zu den echten

Heiligen. Von allen gab es bunte Karten und sogar eine vom Erzengel Michael, mit brennendem Schwert. Das alles passte auf mein Fensterbrett. Anders war es mit den Cityrollern und dem Airzooka. Anthony versuchte alles unters Bett zu quetschen, aber dort war wegen des Subbuteospiels und der Tasche mit dem Geld kaum noch Platz.

»Du musst es in deiner Höhle unterbringen.«

»Es ist keine Höhle. Es ist eine Eremitage und ich möchte sie nicht mit weltlichen Gütern voll stopfen. Darum geht es doch gerade.«

»Weißt du was, wir könnten eine Garage mieten, eine Einzelgarage.«

»Ich versteh nicht, warum wir's nicht einfach Dad erzählen. Wozu haben wir denn das ganze Zeug, wenn wir nicht mal damit spielen können?«

»Okay, okay, dann spielen wir eben Subbuteo.«

Er wollte eigentlich gar nicht spielen. Er wollte mir bloß was beweisen. Aber das war egal. Wir legten das Spielfeld aus Stoff auf den Fußboden und es hatte dieses typische Grün, wie ein echter kleiner Rasen mitten im Wohnzimmer. Man schnippt mit dem Finger den Spieler und der Spieler schnippt den Ball. Manchmal verfehlt man ihn, dann ist der Gegner dran. Anthony schaffte es, den Ball fünf- oder sechsmal hintereinander zu treffen, und ich ließ den Linienrichter dauernd an der Seitenlinie hin und her flitzen. Während des Spiels sprachen wir kaum und der Rasen wurde immer größer und grüner, so dass wir uns vorkamen wie auf einem echten Platz, mal abgesehen davon, dass es so still war und jeder Spieler tat, was man von ihm verlangte. Anthony gelang ein Schuss von der Außenflanke im hohen Bogen bis in die Mitte vom Spielfeld. Zwischen ihm und meinem Tor war alles frei. Man darf seinen Torwart hin und her bewegen, während der andere schießt. Anthony schoss. Ich stellte blitzschnell meine Figur vom heiligen Gerard Majella ins Tor. Der Ball prallte gegen den Totenschädel zu St. Gerards Füßen und flog übers Spielfeld zurück in Anthonys Mannschaft.

»Was zum Teufel soll das denn bedeuten?«

»Ich hab gebetet.«

»Beim Fußball kann man nicht beten.«

»Stimmt nicht. Die Brasilianer beten doch die ganze Zeit. Die bekreuzigen sich dauernd.«

»Aber es steigen keine Heiligen vom Himmel runter, um für sie zu schießen.«

»Woher willst du das wissen? Sie gewinnen doch immer.«

»Wenn du einen Heiligen haben kannst, kann ich Action Man haben.«

Er legte seinen Action Man quer vors Tor.

»Was? Wo ist denn da die Logik? Zu einem Heiligen kann man beten. Aber zu einer Puppe doch nicht.«

»Action Man ist keine Puppe.«

»Eine Puppe ist und bleibt eine Puppe. Und Action Man, muss ich dir leider sagen, ist eine Puppe.«

»Er hat einen Greifzangenarm!«

»Eine Barbiepuppe mit Greifzange.«

»Was redest du denn da, wieso Barbie? Das ist ein Typ! Mit Action-Greifhänden.«

»Der heilige Franziskus konnte mit den Tieren reden.«

»Der dämliche Doktor Dolittle auch. Willst du ihn deshalb als Linksaußen einsetzen?«

Wir waren so in unsere Diskussion vertieft, dass wir gar nicht hörten, wie jemand die Treppe heraufkam und die Tür öffnete. Wir merkten es erst, als Dad auf das Subbuteospiel hinunterblickte und sagte: »Wo zum Teufel habt ihr das denn her?«

Anthony kann so blitzschnell lügen, dass einem die Wahrheit vor den Augen verschwimmt. »Ich hab's gewonnen«, sagte er.

»Gewonnen, wofür denn?«

»Kunst.« Er wurde tatsächlich immer schneller. Es war verblüffend.

»Kunst? Was musstet ihr denn machen? Die Sixtinische Kapelle ausmalen?«

»Ein Modell bauen.«

»Und wovon?«

»Na, sag schon. Wie heißt das noch? Tracy Island. Es war herausragend. Das Beste.«

»Herausragend. Das Beste.« Dad sprach die Worte langsam vor sich hin, als könnte er gar nicht genug davon bekommen. Er war vollkommen eingelullt. Das ist noch so ein Punkt bei Anthonys Lügen. Sie sind nicht nur schnell, sondern auch schmackhaft. Man schluckt sie einfach gerne.

Dad sah mich an. Ich machte einen auf St. Rochus. Fürs Lügen gibt es keinen Schutzheiligen. Wer lügt, ist auf sich selbst gestellt.

Mal rein nautisch betrachtet gerieten wir in trübes Fahrwasser. Bei der ersten günstigen Gelegenheit zog ich mich in die Eremitage zurück, um meine Situation zu überdenken. Ich nahm den heiligen Franziskus mit, damit er mir half, mich besser zu sammeln. Unglücklicherweise war Anthony schon vor mir dort gewesen. Alles war mit materiellen Besitztümern voll gestopft, genauer gesagt mit den beiden Cityrollern (in ihren Kartons) und dem Airzooka. Solange diese Dinge dort herumstanden, war eine Heimsuchung unmöglich.

Ich holte mir die Schottenmusterdecke, die bei uns immer im Kofferraum lag, und deckte den Stapel damit zu, so dass er aussah wie eine Couch. Das war besser, als wenn es aussah wie ein Schaufenster. Obendrauf stellte ich die Figur des heiligen Franziskus, damit er auf mich herunterblicken konnte. Es war eine von diesen Franziskusfiguren, wo er ein Vogelnest in der Hand hält. In dem Moment, als ich sie abstellte, kam mir die Idee.

Ich holte mir eines der Geldbündel aus der Tasche

unterm Bett, zog den Reißverschluss wieder sorgfältig zu und schob das Subbuteospiel wieder davor. Dann ging ich in die Einkaufspassage. Gleich wenn man reinkommt, gibt es eine Zoohandlung, die früher mal ein Schwimmbad war. Im Babybecken schwimmt ein riesiger Wels herum und im großen Becken sind die Zierkarpfen. Wenn man die Finger ins Wasser taucht, kommen die Fische an die Wasseroberfläche und lassen sich die Köpfe streicheln. Weil sie nett sind, behaupten die Verkäufer. Aber der Grund könnte doch auch sein, dass sie herauswollen. Bei Fischen weiß man ja nie.

Rund um die Becken, wo früher die Umkleideschränke waren, sind jetzt die Vögel, zu Hunderten in kleinen Käfigen aufeinander getürmt. Es ist sehr laut, nicht wegen des Gezwitschers, sondern wegen ihrer schwirrenden Flügel, die wie das Blätterrauschen eines Daumenkinos klingen. Ich fragte den Mann, ob ich welche kaufen könnte.

»Klar. Was möchtest du denn? Zebrafinken ...«

»Ja.«

»Unsere Kanarienvögel piepen gerade preiswert, haha.«

»Dann nehm ich davon auch ein paar.«

»Wir haben auch Papageien und Nymphensittiche und so was.«

»Das klingt auch gut.«

»Du musst dich schon entscheiden.«

Aber das Gute am Reichsein ist, dass man sich eben nicht entscheiden muss. »Ich dachte, ich nehm von jeder Sorte welche.« Er schaute mich leicht irritiert an, also zeigte ich ihm mein Geld, worauf sich sein Blick noch mehr verfinsterte. »Ich hab's bekommen, nachdem meine Mutter starb«, sagte ich.

Daraufhin führte er mich mit einem Einkaufswagen durch den Laden. Wenn man sich einen Vogel ausgesucht hat, kommt er in eine kleine Schachtel, ungefähr wie eine Kuchenschachtel, bloß mit Löchern drin. Ich versuchte aus jedem Käfig einen auszusuchen. Die Wahl fiel mir schwer, aber ich ließ mich beraten und tat mein Bestes und nach einer Runde um das Becken hatte ich zwei Dutzend Schachteln zusammen und das ganze Geld ausgegeben.

Der Verkäufer half mir den Einkaufswagen zum Ausgang zu schieben. »Den musst du aber zurückbringen. Wie kommst du nach Hause?«

»Oh, ich hab's nicht weit. Ich bringe ihn gleich wieder zurück.«

Ich schob den Einkaufswagen über die Straße und nahm den Weg, der den Hang hinaufführte. Als ich oben ankam, stellte ich die Schachteln alle der Reihe nach auf. Ich öffnete die erste, dann die zweite. Nichts geschah. Man muss die Schachtel beim Öffnen ein bisschen kippen. Dann breiten die Vögel drinnen ihre Flügel aus, heben den Kopf und fliegen auf und davon. Ich öffnete die nächste Schachtel und kippte sie nach vorn, dann die nächste und die nächste. Die Vögel explodierten aus den Schachteln wie ein Feuerwerk. Papageien schossen wie Raketen in die Luft. Zebrafinken sprühten wie Funken nach oben. Die Nymphensittiche kreischten, während sie umeinander herumwirbelnd in den Himmel ausschwärmten. Alles war voller Farben und Gesang.

Falls es nicht bekannt sein sollte: Genau das hatte der heilige Franziskus getan, als er in meinem Alter war (d.h. im Jahr 1190). Er kaufte ein paar Vögel auf dem Markt und ließ sie frei. Ich tat also etwas Heiliges. Natürlich hatte der heilige Franziskus keinen Einkaufswagen, deswegen waren es bei ihm wahrscheinlich nicht so viele Vögel wie bei mir. Also war meine Tat, mal rein technisch betrachtet, sogar noch heiliger als seine. Die Papageien flogen dicht über meinem Kopf hinweg, als wollten sie mir danken. Ihre langen roten Schwanzfedern wehten ihnen hinterher wie lodernde Flammen.

Als ich mich umdrehte, um ihnen nachzusehen, stand hinter mir ein Mann in einem verschlissenen braunen Mantel, kahlköpfig und mit großen Löchern in beiden Handrücken. »Na«, sagte er, »das ruft Erinnerungen wach …«

»Franz von Assisi (1181–1226)?«

»Ich hab dasselbe getan, weißt du.«

»Weiß ich, weiß ich. Deswegen tu ich's ja.«

»Allerdings waren meine vor allem Tauben und

Singvögel. Tropische oder ausgefallenere Arten waren damals echt nicht zu kriegen.«

»Kennst du eigentlich eine heilige Maureen?«

»Nicht dass ich wüsste, ehrlich gesagt.«

»Oh.«

»Aber ich hab in letzter Zeit auch furchtbar viel zu tun. Mein Problem ist, dass ich im Lauf der Zeit immer wichtiger geworden bin. Umweltschutz, Tierschutz, Dritte Welt, alle wollen was von mir. Einmal hatte ich sogar mit Margaret Thatcher zu tun und nun auch noch diese Sache mit den Moslems. Stell dir vor, ich hab den Sultan kennen gelernt.«

»Ich weiß. 1219 in Acre. Da bist du über die glühenden Kohlen gelaufen, ohne dich zu verletzen.«

»Mach das bloß nicht nach.«

Die Papageien kehrten im Sturzflug zurück und flogen über unsere Köpfe hinweg in die entgegengesetzte Richtung, stadteinwärts. Wir schlenderten hinter ihnen her. Vor uns war nun der trübe Fluss zu sehen, an dessen Ufer die Stadt lag, mit der Ölraffinerie und ihren leuchtend gelben Rauchwolken. Und die Brücke zwischen Widnes und Runcorn, die wie eine riesige Leiter in den Himmel ragte.

»Ich war der erste Dichter Europas, der in Mundart schrieb. Und der erste Umweltschützer. Und ich hab genauso angefangen wie du: indem ich Vögel freiließ.«

»Was hast du danach getan?«

»Ach, weißt du …« Er deutete Richtung Einkaufszentrum. Dort hielt gerade ein Bus, und Menschenmassen warteten darauf einzusteigen. »Ich habe den Armen geholfen«, antwortete er.

»Natürlich. Natürlich hast du das. Das ist toll. Danke.«

Ich rannte den ganzen Weg zurück nach Hause.

10

Die eingespannte Bogenbrücke zwischen Widnes und Runcorn – ihr offizieller Name lautet »Jubiläumsbrücke« – wurde 1961 erbaut. Natürlich ist sie keine echte Himmelsleiter, was aber noch lange nicht bedeutet, dass es keine Himmelsleitern gibt. Es gibt sie. Das steht in Genesis, Kapitel 28, Vers 12.

Jedes Mal wenn man eine gute Tat vollbringt, kommt man eine Sprosse höher. 229000 Pfund sind genug, um 458 Armen je 500 Pfund geben zu können, damit sie nicht mehr arm sein müssen. 458 gute Taten, das macht 458 Sprossen auf der Leiter, was schon ganz schön hoch ist. Wir würden so gut wie Heilige im Himmel sein, wenn wir das ganze Geld verteilt hatten. Ich beschloss, Anthony darüber aufzuklären, dass uns die aufregende Möglichkeit winkte, heilig gesprochen zu werden.

Er hockte hinterm Fernseher und friemelte gerade an einer neuen Digitalbox herum. »Anthony«, sagte ich, »hast du je das Gefühl gehabt, dass Geld hohl und bedeutungslos ist?«

»Wieso denn bedeutungslos? Es bedeutet, dass wir reich sind.«

»Was hat es uns denn wirklich gebracht, mal abgesehen von einem Haufen Zeug?«

Er schaltete den Fernseher ein und zappte durch sämtliche Kanäle, um zu prüfen, ob die neuen dabei waren. »Kann ich dir sagen: dreißig neue Fernsehprogramme«, antwortete er. Dann setzte er sich hin, um sich das Monstertruck-Tauziehen anzugucken.

»Wird Dad nicht merken, dass er dreißig zusätzliche Programme hat?«

»Dad merkt doch nie was.«

Die Monstertrucks waren toll, aber nicht unbedingt bedeutsam. »Stell dir mal vor, wenn wir Heilige wären.«

»Warum?«

»Weil ich finde, dass wir das Geld an die Armen verteilen sollten. Wir haben genug, um 458 Armen je 500 Pfund zu geben. Dann sind sie nicht mehr arm. Und wir würden dann zu Heiligen, das wäre echt was wert. Als Heiliger kann man durch Feuer laufen oder Wunder vollbringen oder sich einen Rauschebart wachsen lassen, so wie Wilgefortis.«

»Was ist denn so heilig daran, sich einen Bart wachsen zu lassen?«

»Wilgefortis war eine Frau. Sie ließ ihn sich wachsen, um unerwünschten Annäherungsversuchen von Männern zu entgehen.« Die unerwünschten Annäherungsversuche kamen übrigens vom König von Sizilien. Wilgefortis' Vater wollte, dass sie ihn heiratete. Als sie erwachte und einen Bart hatte, überlegte der sizilianische König es sich anders, was genau das war, wofür sie gebetet hatte. Allerdings ließ ihr Vater sie dann kreuzigen. »Komm schon Anthony, das ist doch eine tolle Idee.«

Er schüttelte den Kopf. »Nett, aber nicht zu verwirklichen. Wo willst du denn 458 Arme auftreiben?«

»Die Welt ist voller armer Menschen. Fast die ganze Welt ist arm. Du brauchst doch bloß die Glotze anzuschalten.«

»Ja, in der Glotze, aber doch nicht hier bei uns. Bei uns hier gibt es keine armen Leute. Die hohen Immobilienpreise halten sie auf Abstand.« Er erklärte mir den Zusammenhang von Immobilienpreisen und sozialen Verdrängungsprozessen. »Wir wohnen in einer exklusiven Gegend, was bedeutet, dass es hier keine armen Menschen gibt. Nur feine Leute können es sich leisten, hier zu wohnen. Das musst du doch gemerkt haben. Es ist ganz anders als unsere frühere Wohngegend.«

Er hatte Recht. Zu Franziskus' Zeiten gab es Aussätzige, Bettler, Bettelmönche, Waisenkinder und an jeder Ecke junge Frauen, die gezwungen waren, ihre Ehre zu verkaufen. Heutzutage kann man von der Cromarty Close bis zur Schule laufen, ohne eine einzige junge Frau zu treffen, die ihre Ehre verkaufen muss.

»Mir fällt gerade etwas ein, was wir *wirklich* machen können.«

»Was denn?«

»Wir kaufen ein Haus.«

»Wir können das Geld nicht einfach so ausgeben. Es wurde uns gegeben, um einem höheren Zweck zu dienen.«

»Das ist ja das Schöne daran. Wenn man ein Haus kauft, gibt man das Geld nicht aus, sondern behält es. Investieren nennt man so was. Der Preis von Immobilien steigt ständig. Wenn du heute ein Haus kaufst, sagen wir mal für 150000 Pfund, wird es in zehn Jahren vielleicht 300000 Pfund wert sein. Also machst du beim Verkauf einen Gewinn von 150000 Pfund. Das nennt man Marktwert. Davon musst du doch gehört haben.«

»Ich will aber keinen Marktwert.«

»Das wäre toll. Wir können das ganze Geld auf einen Schlag loswerden, und wenn wir älter sind, verkaufen wir das Haus und haben dann sogar mehr Geld als jetzt. Und in der Zwischenzeit können wir unsere Sachen da unterbringen. Das ist besser als deine Höhle aus Pappkartons.«

Ich versuchte den Unterschied zwischen einer Höhle und einer Eremitage zu erklären, doch ich stieß auf taube Ohren.

Als wir das Immobilienbüro betraten, steuerte Anthony auf den Tisch zu, als wäre es die Theke eines Bonbonladens. »Haben Sie irgendwelche Häuser in Swindon?«, fragte er. Anthony war ganz verrückt nach

Swindon, weil die Immobilienpreise dort am schnellsten in die Höhe schossen.

»Eigentlich nicht«, sagte die Dame. »Wir bieten nur Objekte an, die in der Nähe liegen. Die meisten unserer Kunden suchen ein Haus, um auch wirklich dort zu wohnen.«

»Hier geht es um eine Kapitalanlage.«

»Ach, tatsächlich? Na ja, dann. Müsst ihr das für die Schule machen?«

Anthony zauberte aus dem Stegreif ein frei erfundenes Projekt von frei erfundenen Lehrern einer frei erfundenen Schule. Ehrlich, wenn er diese Geschichte hier erzählen würde, wüsste man nicht, was davon wahr ist und was nicht.

Die Dame war sehr freundlich. Sie erklärte ihm alles über Hypotheken und gab ihm stapelweise Prospekte mit Immobilienangeboten, vor allem freistehende Neubauten mit drei Schlafzimmern.

»Und was ist, wenn man keine Hypothek aufnehmen will? Wenn man einfach alles sofort bar bezahlen möchte?«

»Tja, dann bräuchtest du eine Schubkarre und ein großes Aufgebot an Sicherheit.«

Anthony lachte. Später musste er mir erklären, was daran so komisch gewesen war. Es ging darum, wie sich ein solcher Haufen Bargeld transportieren lässt. »Die Leute kapieren immer gar nicht, wie wenig das in Wirklichkeit ist, 229000 Pfund«, sagte er ganz betrübt.

Gleich als wir nach Hause kamen, ging er die Prospekte durch und suchte nach einer Immobilie, die nicht zu dicht in der Nähe lag (damit Dad keinen Verdacht schöpfen würde), aber auch nicht zu weit entfernt (damit wir sie im Auge behalten konnten).

Ich sagte Dinge wie: »Anthony, das ist nicht richtig. Wir wollen kein Haus. Wir haben doch ein Haus. Wozu braucht man denn zwei Häuser? Denk doch mal nach.«

Er drückte mir einen der Prospekte in die Hand. Es war ein Foto von unserem alten Haus. Darunter stand, es wäre ein stilvolles Eigenheim mit zeitlosen Details, Kamin in allen Rmn., gelegen in solider Wohngegend. Das war alles. Kein Wort über uns oder was dort geschehen war. Abgesehen von der Adresse konnte man nicht erkennen, dass es unser Haus war.

»Warum hat niemand es gekauft?«, fragte ich.

»Keiner will es. Ich hatte Dad geraten, es an Studenten zu vermieten. Egal. Jedenfalls hat die Versicherung die Hypothek abbezahlt.«

»Was für eine Versicherung?«

»Vergiss es. Schau mal her: Badger's Rake Nr. 17. Praktische Lage, Nähe Einkaufszentrum.«

Wenn 229000 Pfund für Arme möglicherweise 458 Leitersprossen nach oben entsprechen, dann entsprechen 229000 Pfund für ein Haus logischerweise 458 Sprossen nach unten. Für Immobilienmakler gibt es keinen Schutzheiligen, weil kein Makler jemals heilig gesprochen worden ist. Es gibt Heilige, die früher Seeleute, Schmiede, Soldaten, Bäcker, Lehrer, Hausfrauen, Schweinehirten und sogar Könige waren. Aber in der gesamten Menschheitsgeschichte ist es kein einziges Mal vorgekommen, dass ein Immobilienmakler heilig oder wenigstens selig gesprochen wurde. Das gibt einem doch zu denken.

Ich dachte immer, es ist nur so eine Redensart, wenn man sagt, dass einem das Herz immer schwerer wird. Aber genau das konnte ich spüren, als uns das Taxi von der Schule abholte und mir klar wurde, dass Anthony es bestellt hatte, damit es uns zur Badger's Rake Nr. 17 fuhr. Immer tiefer und tiefer ging es abwärts, wie in einem Aufzug, den Hang hinunter durch die Straßen der Altstadt. Die Häuser dort ragen hoch auf und stehen dicht an dicht, was einem das Gefühl gab, in einem offenen Grab herumzukriechen. In der Badger's Rake waren die Häuser sogar noch unheiliger als unser eigenes. Sie hatten Erkerfenster mit kreuz und quer verlaufender Bleiverglasung, Tannen ringsum und eine schnelle, direkte Zufahrt zur Autobahn. Vor der Tür der Nummer 17 erwartete uns die Dame vom Immobilienbüro bereits.

Anthony sprang aus dem Wagen und schüttelte ihr die Hand. »Wir haben das Geld nicht dabei. Aber wir können es Ihnen sofort geben, wenn Sie bei uns vorbeikommen.«

»Ach tatsächlich«, sagte die Dame. Sie schien nicht mehr so freundlich, wie sie in dem Büro gewirkt hatte. »Hört mal, ich habe euch bei eurem Projekt doch schon geholfen. Das hier geht ein bisschen zu weit. Das ist unverschämt. Ich werde bei eurer Schule anrufen und mich beim Rektor beschweren.«

»Nein, es geht doch gar nicht um das Projekt. Dieses Immobiliengeschäft ist für uns, das heißt für unseren Vater. Wir, das heißt unser Vater, wollen das Haus wirklich kaufen.«

»Und wo ist er dann?«

»Er hat gesagt, wir sollen schon mal ohne ihn anfangen.«

»Ohne ihn anfangen? Wie können wir denn ohne ihn anfangen? Wie kann man jemandem, der nicht da ist, ein Haus zeigen?«

Anthony zog die als Kuli getarnte Digitalkamera aus der Tasche. »Er hat uns das hier gegeben. Damit sollen wir ein paar Bilder machen und sie ihm später zeigen.«

Die Dame sah auf ihre Armbanduhr und öffnete die Tür. »Ich muss sowieso pinkeln gehen, also kommt von mir aus kurz mit rein.«

Anthony erkundigte sich, ob das Haus seinen Wert halten würde.

»Entschuldige bitte, ich bin auf *dem Klo*!«, brüllte sie durch die geschlossene Tür.

Wir begutachteten die eingelassene Wanne in dem

Zimmer mit Extrabad, während wir darauf warteten, dass sie wieder rauskam. Erst war die Klospülung zu hören, dann ihre kreischende Stimme: »Na los jetzt, raus mit euch, ihr zwei. Macht schon.« Sie hielt uns die Haustür auf.

»Wir können Ihnen 210000 anbieten, in bar. Und es scheint ja bezugsfertig zu sein«, sagte Anthony. »Was meinen Sie? Abgemacht?« Er hatte mir vorher erklärt, dass die Leute immer ganz wild auf Bargeld seien. Also rechnete ich damit, dass die Dame sagen würde: »Oh, vielen Dank, das Haus gehört euch.« Stattdessen funkelte sie ihn wütend an. »Du unverschämter kleiner Idiot!«, sagte sie, dann fuhr sie in ihrem Nissan Micra auf und davon.

Gott war eingeschritten, eine andere Erklärung gibt es nicht.

Bis zurück zum Einkaufszentrum war es ein weiter Fußmarsch und auf der Strecke fuhren weder Busse noch Taxis. Eigentlich gab es nicht mal einen richtigen Bürgersteig und es dämmerte bereits. Aber ich war so selig, dass mir die Scheinwerfer der entgegenkommenden Autos vorkamen wie um uns herumtanzende Heiligenscheine. Einer der Papageien flog vorüber. Er blitzte im Schein der Straßenlaternen auf wie eine lodernde Flamme. Ich wollte irgendetwas sagen, um Anthony zu trösten, doch mir fiel bloß ein: »Ich bin am Verhungern. Können wir nicht eine Pizza kaufen?«

»Wir können eine ganze verdammte Pizzeria kaufen, wenn wir wollen.«

»Im Moment reicht eine Pizza.«

Und dann – direkt vor dem Billigbaumarkt – geschah ein weiteres Wunder. Ein Mädchen in einem Parka trat auf uns zu und sagte: »*Big Issue,* das Straßenmagazin. Helft den Obdachlosen.«

Ich gab ihr einen Zehner und sagte, sie solle den Rest behalten.

»Lieb von dir. Ich hab den ganzen Tag noch nichts gegessen.«

»Oh. Wir wollten uns gerade eine Pizza holen. Komm doch mit.«

»Fantastisch.« Sie nahm ihre Tasche mit den Zeitungen und wollte hinter uns her.

Anthony versuchte sie abzuwimmeln. »Die will doch gar keine Pizza. Sie will mehr Geld ... Mehr haben wir nicht.«

»Nein, ich möchte wirklich eine Pizza. Darf mein Freund auch mit?«

Sie nickte zu einem Jungen mit Hund hinüber, der im Eingang des Baumarkts kauerte. »Na klar«, sagte ich. »Je mehr, desto besser.«

Das Mädchen hatte fünf Freunde zwischen Baumarkt und Pizzaladen, deswegen musste der Kellner zwei Tische zusammenrücken, damit wir alle dranpassten. Zwei mussten sich eine Speisekarte teilen, weil für die ganze Runde nicht genügend da waren. Es gab eine

Pizza, die ganz bis zum Rand der Ofenform ging und deswegen ein paar Zentimeter mehr Durchmesser hatte als die normale. Ich bestellte eine Randpizza Hawaii und das Mädchen mit dem Parka ebenfalls. Zwei ihrer Freunde nahmen eine Randpizza nach Bauernart. Einer nahm die mit scharfem Rindfleisch. Anthony und die anderen beiden bestellten Pizza mit Hackfleisch. Jeder bekam Knoblauchbrot mit extra viel Knoblauch. Und jeder bediente sich an der Salatbar. Es war unglaublich. So viel Essen auf einem Haufen hatte ich seit meiner Erstkommunion nicht mehr gesehen. Sechs Mahlzeiten, das macht sechs gute Taten, das sind mit Sicherheit sechs Leitersprossen.

»Das ist ja fantastisch«, sagte ich. »Anthony hat gemeint, hier in der Gegend gäb es gar keine Armen, weil die Immobilienpreise so hoch sind, aber es gibt euch ja haufenweise.«

Alle wollten Nachtisch. Anthony war dagegen, aber dann stellte sich raus, dass es einen Softeisautomaten gab, wo man sich selbst bedienen konnte, und man konnte Schokostreusel drüberstreuen oder Hunderte von winzigen Marshmallows und es gab drei verschiedene Soßen. Einfach göttlich. Ich fragte mich, ob der Nachtisch unabhängig von der Pizza als eigenständige gute Tat zählte. In diesem Fall konnten wir von zwölf Leitersprossen ausgehen.

»Siehst du«, sagte ich, als wir in den Bus stiegen. »Wir haben den Armen geholfen und diese Minimarshmallows gegessen. So was sollten wir jeden Tag tun.«

Die Rechnung belief sich auf 175 Pfund. Anthony holte seinen Taschenrechner raus und rechnete aus, wie oft wir das Ganze wiederholen mussten, um unser Geld loszuwerden. »Eintausenddreihundert plus drei Komma fünf eins sieben, das zählt als Trinkgeld. Also eintausenddreihundertmal Pizza essen gehen. Und weißt du, wie viele Tage wir noch haben, um dieses Geld loszuwerden?«

Die Antwort lautete zwölf.

Wenn man eine Idee hat, sind zwölf Tage sehr viel Zeit. Und ich hatte eine geniale Idee, die auch funktioniert hätte, wenn andere Leute mir nicht alles verdorben hätten.

Bei den Heiligen der Letzten Tage trugen alle die gleichen weißen Hemden und schwarzen Jacketts und jeder hatte das gleiche schicke schwarze Köfferchen. Sie verließen das Haus immer gemeinsam, schön der Reihe nach, und wenn man ihnen begegnete, nickten sie einem zu, einer nach dem anderen, wie Enten in einer Schießbude. Anthony fand, dass sie sich zu auffällig benahmen.

»Sieh dir das an«, sagte er immer, »wie Pinguine auf dem Spielplatz. Dir ist doch klar, wo sie mit ihren Köfferchen hingehen, oder?«

»Na klar. Sie helfen den Armen, oder?« Keine Ahnung, warum ich nicht schon früher darauf gekommen war. Sie nannten sich doch Heilige. Dafür musste es schließlich einen Grund geben. »Sie gehen den Armen helfen.«

»Zum Waschsalon gehen sie, guck doch!« Tatsächlich. Wenn man ganz genau hinsah, guckte an irgendeiner Ecke immer ein Stück Unterwäsche aus einem der schicken schwarzen Köfferchen hervor. Also hatten sie keine Waschmaschine und auch keine Autos. Sie lebten alle zusammen in einem Haus und jeden Tag verließen sie es zusammen wie die zwölf Apostel. Bestimmt ist jedem klar, was sie waren. Sie waren eine Anzahl Leitersprossen, die erklommen werden wollten. Und das war meine geniale Idee: den Heiligen der Letzten Tage das Geld zu geben.

Am nächsten Tag wartete ich nach der Schule auf ihrer Mauer, bis der erste von ihnen nach Hause kam. »Entschuldigen Sie«, fragte ich. »Helfen Sie den Armen?«

»Welchen Armen, bitte?« Er hatte einen seltsamen Akzent. Vielleicht kam er aus Schweden oder Holland.

»Irgendwelchen.«

»Willst du mich etwa um Geld bitten?«

»Nein.«

»Wir haben kein Bargeld im Haus. Lass dich von unserer korrekten Kleidung nicht täuschen. Wir führen ein einfaches Leben. Keine Spülmaschine. Kein Kabelfernsehen. Nicht mal eine Mikrowelle, was ich persönlich nicht nachvollziehen kann. Und auch keinen Wagen, wie du siehst.«

»Also sind Sie arm?«

»In gewisser Weise ja.«

An diesem Abend gelang es mir, 7000 Pfund in ihren Briefkasten zu stopfen, als ich den Müll rausbringen sollte. Nach den ersten paar hundert wurde mir mulmig, weil es Ewigkeiten zu dauern schien, also betete ich um Hilfe und es erschien der heilige Nikolaus von Myra. Er gab mir den Tipp, es durch den Kaminschacht reinzuwerfen, das wäre einfacher. Ich klärte ihn darüber auf, dass das Haus mit Solarenergie beheizt wurde. Nachdem wir etwa 4000 Pfund reingestopft hatten, hatte er keine Lust mehr und bekam schlechte Laune. Er hatte gerade seine alljährliche Stressphase. *»Noli sollicitum esse«*, sagte er. *»Pauperes semper nobiscum erunt.« (»Mach dir keine Sorgen. Die Armen werden immer mit uns sein.«)* Dann gingen wir zusammen zurück zum Haus.

Ich erkundigte mich, ob ihm vielleicht eine heilige Maureen begegnet sei.

»Quis?«

»Maureen.«

»Dubito, etsi raro in publicum prodeo.« (»Ich glaube nicht, aber ich komme auch nicht so viel herum.«)

»Außer um diese Jahreszeit natürlich.«

»Sane.«

Angenommen, 500 Pfund entsprächen einer Sprosse, dann wären 4000 acht Leitersprossen. Und obendrein hatte ich dem Nikolaus bei seiner Arbeit geholfen! Klasse!

Ich hatte eine Glückssträhne. Deswegen war ich gar nicht mal überrascht, auf dem Schulhof eine weitere Leitersprosse zu entdecken, noch ehe der Unterricht begonnen hatte. Als es zum zweiten Mal klingelte, stellten wir uns alle schnell in unsere Reihe und ich stand vor Barry.

Er beugte sich vor und flüsterte mir ins Ohr: »Pringles.«

Ich reichte sie nach hinten.

In der Parallelschlange stand das Mädchen mit den eng am Kopf geflochtenen Zöpfchen. »Wieso kaufst du dir nicht deine eigenen Pringles?«, fuhr sie Barry an.

»Brauch ich nicht, ich ess die von den anderen.« Barry ließ den Verschluss meiner Pringlesdose aufploppen und zwinkerte mir zu.

Es war dieses Blinzeln, das mich auf die Idee brachte. Nanu, wieder eine Leitersprosse?, dachte ich. Und dann fragte ich ihn: »Barry, bist du arm?«

Barrys linkes Augenlid war nach dem Zwinkern noch nicht wieder ganz nach oben geschnellt. Es flatterte kurz, dann zog es sich höher und höher und Barry starrte mich mit weit aufgerissenen Augen an.

»Was?«

»Bist du arm?«

Er schlug mich mit voller Wucht ins Gesicht. Ich war so geistesgegenwärtig, ihm auch die andere Wange hinzuhalten. Er boxte mir in den Magen. Ich musste mich auf den Boden setzen, um nach Luft zu schnappen. Er hielt mir seinen Fuß vor die Nase und sagte: »Siehst du diesen Schuh? Was steht dadrauf?«

»Rockport«, keuchte ich.

»Würde ich Rockports tragen, wenn ich arm wäre?« Und dann trat er mich und ich bekam so lange keine Luft, dass es mir vorkam wie ein langes Wochenende.

Na ja, das klingt vielleicht nicht nach einem Riesenerfolg, aber es kommt drauf an, wie man es betrachtet. Es stimmt, dass ich keinem Armen geholfen hatte, aber zumindest hatte ich es versucht, was bestimmt eine Leitersprosse wert ist, und was viel wichtiger war: Ich hatte gelitten, weil ich ein Verfolgter war, fantastisch! Mindestens fünf Leitersprossen, schätze ich. Als ich dort auf dem asphaltierten Schulhof lag, kam es mir tatsächlich ein bisschen so vor, als würde ich schweben, so als würde ich vielleicht in den Himmel auffahren. Anthony meinte, es läge daran, dass sich durch den Blutverlust aus meiner Nase der Luftdruck in meinem Kopf verändert hatte.

Das Blut war der Grund dafür, dass das Mädchen mit den schönen Zöpfchen anfing zu schreien. Mr Quinn kam angerannt. Barry wiederholte die ganze Zeit:

»Wisst ihr, was er gesagt hat? Wisst ihr, was er gesagt hat?«

Mr Quinn schickte ihn zum Rektor und sagte dem Mädchen mit den Zöpfchen, es solle mich in den Ruheraum begleiten und bei mir bleiben, bis ich wieder im Lot wäre. Sie brachte mir ein Glas Wasser und setzte sich, um sich mit mir zu unterhalten. Ihr Name sei Gemma, sagte sie, und dann stellte sie mir eine Menge Fragen, zum Beispiel: »Für welche Fußballmannschaft ist Anthony denn?« und »Was hört Anthony denn für Musik?« und »Geht Anthony samstagmorgens manchmal als Allererstes zum Frühschwimmen, weil es dann nämlich umsonst ist, wenn man einen Freizeitausweis hat? Sag ihm das mal.«

Auf dem Nachhauseweg fragte ich Anthony: »Was ist denn so Besonderes an Rockports?«

»Rockports! Super Idee! Wir könnten uns jeder ein Paar kaufen.«

»Aber wozu?«

»Weil sie super sind. Man steckt die Schnürsenkel an den Seiten rein, statt sie zusammenzubinden. Das ist, na ja, eben das absolut Neueste vom Neuesten.«

»Und sie tun echt weh, wenn man damit getreten wird.«

»Stimmt. Wir holen uns welche.«

Überraschenderweise gab es tatsächlich eine heilige Gemma. Gemma Galgani (1878–1903). Sie war eine Verzückte, die sich auf dem Gebiet heroischer Armut hervortat, und ihr Fest wird am 11. April gefeiert. Ich war gerade in meiner Eremitage und versuchte irgendetwas zum Thema heroische Armut zu finden, als plötzlich eine Stimme sagte: »Ist jemand da?«

Ich schaute hinaus. Dort stand ein Mann in einem Sakko von Tommy Hilfiger, mit einem Haufen Bartstoppeln im Gesicht. Wegen der Bartstoppeln dachte ich, es könnte vielleicht der heilige Damian von Molokai sein, der eine etwas raue Schale hatte, aber trotzdem ein guter Mensch war. Aber das passte irgendwie nicht zu dem Hilfiger-Sakko. Und Gemma Galgani war er definitiv auch nicht. »Ich kenne Sie nicht«, sagte ich.

»Das beruht auf Gegenseitigkeit«, erwiderte er.

Ich versuchte ihm in die Augen zu sehen, aber ein Auge blickte mich direkt an und das andere driftete nach links ab. Ich wusste einfach nicht, in welches ich gucken sollte.

»Gehört das dir?«, fragte er und deutete auf die Eremitage.

Ich nickte.

»Sehr hübsch. Nah an den Bahngleisen. Was ist dadrin?«

Er bückte sich und warf einen Blick hinein. Die Cityroller und Airzookas konnte er nicht sehen, weil immer noch die Schottenmusterdecke drüberlag. Er streckte seine Hand hinein, begann herumzuwühlen und fand die kleine Tube. »Was ist das?«

»Getönte Feuchtigkeitscreme.«

Er nickte und sein Blick schweifte in die Ferne. Er warf mir die Tube zu.

»Was suchen Sie denn?«

»Geld. Weißt du irgendwas darüber?«

Fantastisch. Das war bereits die zweite Gelegenheit an diesem Tag.

»Sind Sie arm?«, fragte ich.

»Was?«

Im selben Moment ertönte plötzlich ein knisterndes Geräusch und dann eine Stimme, die »Damian, Damian …« sagte. Sogar ich zuckte zusammen, aber der bartstoppelige Typ fuhr vor lauter Schreck in die Höhe.

»Was zum Teufel ist das?«

Ich zeigte ihm meine Walkie-Talkie-Armbanduhr. »Mein Bruder. Ich bin heute mit Tischdecken dran. Warten Sie hier.«

»Moment mal …«

»Nein, ehrlich. Ich komm zurück und bring es mit.«

»Was denn?«

»Na, das Geld. Ich hab einen ganzen Haufen.«

Ich rannte davon.

Anthony stand im Garten, weil die Walkie-Talkie-Uhr nicht durch Mauerwerk funken konnte. Das heißt, eigentlich schon, aber dann funkte sie den Red-Rose-Radiosender. Er lehnte über dem Gartenzaun und schaute zum Bahndamm hinüber. Der Mann stand immer noch dort.

»Wer ist das denn?«

»Ein Armer. Noch einer. Und du hast gesagt, es gibt gar keine.«

»Und worauf wartet er?«

»Ich gebe ihm ein bisschen Geld.«

Ich wollte ins Haus laufen, aber Anthony hielt mich zurück. »Was hast du ihm gesagt?«

»Ich hab gesagt, dass wir haufenweise Geld haben.«

»O Gott, Damian!«

»Was denn?«

»Nichts. Schon gut. Überlass mir das.«

Anthony ging und holte die große Flasche, in die wir das Kleingeld reingesteckt hatten. Sie wog mindestens eine Tonne. »Die geben wir ihm.«

»Können wir ihm nicht noch ein paar hundert Pfund geben. Sagen wir, fünfhundert?«

»Nein, können wir nicht.«

»Warum denn nicht?«

»Das erkläre ich dir später. Los, komm.«

Wir liefen zurück zum Bahndamm. Er erwartete uns. Als Anthony ihm die große Flasche hinhielt, starrte er sie bloß an. Oder vielleicht starrte er auch mich an.

»Sehen Sie?«, sagte Anthony. »Haufenweise Geld. Wir haben es jahrelang gespart. Für die Armen. Wir wollen gute Menschen sein. Nehmen Sie es.«

Der Mann reagierte nicht. Anthony stellte die Flasche neben den Bahngleisen ab. »Wir müssen jetzt gehen, Zeit für den Tee.«

Der Mann sagte nichts, rührte die Flasche nicht an. Er blickte uns nach, während wir über das Feld zurückgingen.

»Ich glaube, wir haben ihm nicht genug gegeben.«

»Wir haben ihm eine ganze Menge gegeben. Lass uns vorne rumgehen«, sagte Anthony. »Ich möchte nicht, dass er mitkriegt, welches unser Haus ist.«

»Warum nicht?«

»Weil es gefährlich ist. Du musst vorsichtig sein. Manche Menschen auf dieser Welt sind habgierig, Damian. Das Geld verändert sie und lässt sie seltsame Dinge tun. Du musst auf der Hut sein. Hast du irgendjemandem davon erzählt?«

»Eigentlich nicht. Jedenfalls nichts erzählt.«

»Sondern?«

»Ich hab versucht Gutes zu tun.«

»Damian …«

Er unterbrach sich. Wir kamen gerade vom oberen Ende der Cromarty Close, als uns ein Taxi überholte und anhielt. Die Heiligen der Letzten Tage drängten aus dem Wagen und luden ihre neuesten Anschaffungen aus. Der eine trug eine Mikrowelle. Ein anderer einen Mixer. Wieder ein anderer ein Fußbad. Anthony wurde so wütend, dass er sich auf unsere Gartenmauer setzen musste.

Es war wirklich ein Jammer, dass er das tat. Wäre er einfach ins Haus gegangen, hätte er nicht mit ansehen müssen, wie der Lieferwagen von Comet vorfuhr und den DVD-Player, die Spülmaschine, den GameCube und gleich *zwei* Plasmabildschirm-Fernseher auslud. Was ihn so aufregte, war nicht die Tatsache, dass ich ihnen das Geld gegeben hatte, sondern dass sie es geschafft hatten, es auszugeben.

»Sieh dir an, was sie alles haben! Und was haben wir? Plunder. Irgendwelchen Plunder, den die Leute sowieso an irgendeine Hilfsorganisation abgegeben hätten. Zwei Fernseher, eine Geschirrspülmaschine …«

Er zählte alles auf, was sie gekauft hatten. Zehnmal leierte er es herunter, wie einen Rosenkranz. Es war eine echt beeindruckende Gedächtnisleistung.

»Ich wusste doch nicht, dass sie sich einen Fernseher kaufen würden. Ich dachte, sie würden es verteilen. Immerhin gelten sie als Heilige. Ich dachte, sie würden es den Armen geben. Ich dachte, sie sind *selber* arm.«

»Hör mal, Damian, wenn du armen Leuten Geld gibst, was passiert dann mit ihnen? Sie hören auf arm zu sein. Logisch. Und wenn sie nicht mehr arm sind, was sind sie dann? Sie sind genauso wie alle anderen auch.«

In diesem Moment kam mir der beunruhigende Gedanke: Was ist, wenn das Geldverteilen an Leute die Leute einfach nur geldlicher macht? Und wenn es stimmt, was für einen Sinn hat dann das ganze Geld? Was können wir dann damit anfangen?

Nach dem Abendessen klopfte es an die Tür. Dad machte auf und draußen stand Eli, einer der Heiligen der Letzten Tage, der einen kleinen Karton dabeihatte und ziemlich angespannt wirkte. Anthony und ich waren gerade beim Abwasch. Wir schauten uns besorgt an.

»Wahrscheinlich will er fragen, ob er noch mehr Geld kriegt«, knurrte Anthony.

Eli erklärte, er hätte eine Idee gehabt, in die er uns gern einweihen würde. Er öffnete den Karton und holte eine kleine Kamera heraus. »Das hier ist eine Überwachungskamera. Sie kann mit diesen Haltern hier problemlos am Türrahmen befestigt werden und lässt sich dann ganz einfach an den Hausfernseher anschließen.«

Anthony stieß ein verächtliches Schnauben aus. »An *den* Fernseher! Oder vielleicht gleich an mehrere?«

Eli bemerkte es nicht.

»Wir sind in größter Sorge wegen der äußerst hohen Wahrscheinlichkeit eines Einbruchs hier in unserer Gegend. Terry hat erzählt, ihm sei eine verdächtige Person aufgefallen, und wir müssen natürlich unser Eigentum schützen. Diesbezüglich könnte diese Kamera sehr hilfreich sein. Wir haben drei gekauft und würden eine davon gern so positionieren, dass sie den Hauptzugang unserer Straße ungehindert überblickt – von Ihrer Haustür bis zum Parkplatz der Hausnummer 3. Der ideale Platz wäre oberhalb Ihrer Tür. Wären Sie bereit, in dieser Art und Weise etwas zur Gemeinschaft beizutragen?«

»Ich dachte, Einbrüche sind Ihnen egal. Ich dachte, Sie machen sich nichts aus weltlichen Gütern«, sagte ich.

»Nun, in gewisser Weise trifft dies zu, aber wenn wir keinerlei Sicherheitsmaßnahmen treffen, fordern wir die Einbrecher ja geradezu heraus, nicht wahr? Wir würden sie also in Versuchung führen, eine Sünde zu begehen. Und somit wären wir mitschuldig. Die Kamera ist inklusive Bewegungsmelder und Halogenlampe, was einen abschreckenden Effekt hat.«

»Toll«, sagte Dad.

Ich für meinen Teil ging ins Bett.

Während ich dort lag, hörte ich noch, wie Dad die Trittleiter rauf- und runterklapperte und Löcher für die Kamerahalterung bohrte, dann schlief ich ein. Ich hatte das Gefühl, stundenlang geschlafen zu haben, als ich ihn rufen hörte. Anthony und ich rannten nach unten, um nachzusehen, was los war. Dad war außer sich. »Setzt euch dahin«, sagte er und deutete auf das Sofa.

Wir setzten uns. Er schaltete den Fernseher an und begann die Programme durchzuzappen. »Erstes, zweites, drittes, viertes und jetzt Nummer fünf …« Nummer sechs war ein Bild vom Parkplatz der Hausnummer 3, wo ein hell erleuchteter lebensgroßer Nikolaus saß. »Das sind die terrestrischen Sender und die neue Überwachungskamera. So weit, so gut. Aber jetzt … sieben, acht, neun, zehn …« Er schaltete durch sämtliche neue Programme und grinste vor lauter Begeisterung bis über beide Ohren.

Anthony grinste zurück und meinte: »Fantastisch, Dad. Wie hast du das gemacht?«

»Ich hab einfach bloß die Kamera angeschlossen und dann waren sie da! Es muss irgendwas mit dem Kabel zu tun haben. Vielleicht fungiert es wie so eine Art Antenne. Oder es ist ein Wunder.« Es war das erste Mal seit einer Ewigkeit, dass wir ihn lächeln sahen. »Danke, lieber Gott!«

Ich erklärte, dass die heilige Klara die Schutzpatronin des Fernsehens sei. »Wenn es ein Wunder ist, dann verdanken wir es ihr.«

»Genau. Also, was wollt ihr gucken?« Wir sahen uns die Wiederholung vom Monstertruck-Tauziehen an, bis Anthony und ich nach einer Weile merkten, dass Dad eingeschlafen war. Wir waren ratlos. Rauftragen konnten wir ihn nicht. Also zogen wir ihm die Schuhe aus, hievten seine Beine aufs Sofa und deckten ihn mit dem kleinen Federbett zu. Wir wussten nicht so recht, ob wir den Fernseher ausschalten oder anlassen sollten.

»Können wir ihm nicht von dem Geld erzählen?«, fragte ich. »Einfach um ihn aufzumuntern?«

»Wenn du ihn aufmuntern willst, dann erzähl ihm einen Witz«, sagte Anthony.

Draußen ging die Halogenlampe des Bewegungsmelders dauernd an und aus. Auf Katzen wirkte er offenbar nicht abschreckend.

11

Nur mal rein logisch betrachtet: Wenn es falsch ist, Leuten Geld zu geben, müsste es ja richtig sein, ihnen Geld wegzunehmen. Und wenn es richtig wäre, Leuten Geld wegzunehmen, dann wären Einbrecher und Bankräuber ja gute Menschen, was sie aber nicht sind. Man muss also nur die richtigen Leute finden, denen man Geld gibt.

Und ich hatte zehn Tage Zeit, um sie zu finden.

Jede Woche schreibt Mr Quinn in der Kunststunde ein Thema an die Tafel, und man kann dann was dazu zeichnen, eine Collage machen oder ein Modell bauen, wie man will. In jener Woche lautete sein Thema: »Wenn du eine Million zu Weihnachten bekommen würdest …«

Danke, Mr Quinn.

Alle rannten zu dem Kasten mit den Knickstrohhalmen. Skulpturen aus Knickstrohhalmen waren in diesem Schuljahr der große Renner. Jeder versuchte sich an Yachten, Häusern, Autos und allem Möglichen aus Knickstrohhalmen. Ich für meinen Teil starrte auf ein großes weißes Blatt Papier. So lange, bis ich dachte, ich würde hineinfallen und vom eisigen weißen Nichts verschluckt werden.

»Ich zeichne dir was, wenn dir nichts einfällt.« Es war Tricia Springer, die Klassenbeste in Kunst.

»Im Ernst?«

»Klar. Ich könnte dir eine Yacht zeichnen oder ein Auto oder ein Haus. Das wollen ja die meisten. Oder wir überlegen uns ein bisschen was Ausgefalleneres: eine Rakete vielleicht oder Pferde oder eine schöne Landschaft.«

»Ich kann bloß grad nicht überlegen. Was würdest du denn gerne zeichnen?«

»Ich kann Pferde aus dem Kopf malen. Fünfzig pro Stück.«

»Wie meinst du das?«

»Ich zeichne dir ein Pferd für fünfzig Pfund, zwei Pferde für hundert und eine Herde für, na ja, sagen wir für dreihundert. Für alles über sechs können wir ja einen Sonderrabatt vereinbaren. Dann muss ich nicht von jedem die Beine zeichnen, weil einige zum Teil verdeckt sind.«

»Warum ist das so teuer?«

»Ist es doch gar nicht. Neulich hast du irgendwem einen Zehnpfundschein gegeben, weil er dir dein warmes Mittagessen serviert hat. Hier geht es um mein Talent, das du kaufst. Ich bin die Klassenbeste in Kunst.«

»Als du mich auf deinem Rad zur Schule gefahren

hast, warst du noch der Meinung, zehn Pfund wären dir zu viel.«

»Die Zeiten ändern sich. Was kriegt man in dieser Schule denn jetzt noch für zehn Pfund? Es kostet schon zehn Pfund, wenn man zehn Minuten lang auf Keegans GameCube spielen will. Und das ist alles eure Schuld.«

Ich gab ihr hundert für zwei Pferde ohne Sattel, aber dafür mit ein paar Bergen als Hintergrund.

In der kleinen Pause versuchte ich die Sache mit Anthony zu besprechen. »Es ist schlimm. Alle haben Geld, aber keiner ist reicher geworden, weil jeder einfach höhere Preise verlangt. Also echt, zweihundert Pfund für ein Bild, und dann noch mit Filzstift. Für richtige Farben wollte sie mehr.«

»Ist sie denn gut?«

»Das ist doch nicht der Punkt.«

»Für mich schon. Das Halbjahr ist fast um. Dad will mein Modell von Tracy Island sehen, für das ich das Subbuteospiel gewonnen habe.«

»Sie ist die Klassenbeste in Kunst.«

»Wer ist es denn?«

Ich zeigte ihm Tricia. Zu guter Letzt bezahlte er ihr weitere hundert Pfund für das Modell und sie verlangte fünfzig vorab, obwohl es bis zur letzten Schulwoche nicht fertig werden würde.

»Das ist es bestimmt wert«, sagte Anthony. »Wie findest du die Rockports?«

Er zeigte mir seine neuen Schuhe. Rote mit seitlich reingesteckten Schnürsenkeln. »Wird Dad nicht merken, dass du neue Schuhe hast?«, fragte ich.

»Dad merkt doch nie was. Aber ich bin mir sowieso nicht so sicher, ob sie mir gefallen. Jetzt, wo jeder Geld hat, trägt auch jeder Rockports. Sie verlieren an Prestigewert.«

»Ich muss mal gründlich über alles nachdenken«, sagte ich.

Ich lief mit gesenktem Blick über den Schulhof zurück, wodurch mir auffiel, dass ich inzwischen der einzige Junge war, der keine Rockports trug.

Nach der Schule beschloss ich auf dem Weg nach Hause bei der Eremitage vorbeizuschauen. Ich zwängte mich durch die Stechpalmen und blieb wie angewurzelt stehen. Die Eremitage war dem Erdboden gleichgemacht. Ich meine nicht, dass der Wind sie umgeblasen oder der Regen sie niedergeknüppelt hätte. Jeder Fitzel Klebeband war abgezogen, Stück für Stück, und alle Kartons flach zusammengefaltet. Sogar die Schottendecke hatte jemand zusammengelegt. Die Cityroller waren aus ihren Kartons gerissen und die leeren Verpackungen hatte man ebenfalls platt gedrückt und fein säuberlich auf die anderen Kartons gelegt. Alles wirkte schön ordentlich, bis auf meine Figur vom heiligen Franziskus, von der nichts übrig war als ein Haufen scharfkantiger Scherben, die verstreut im Dreck lagen.

Mir wurde gerade schon mulmig, als ich hinter mir jemanden hörte. Ich fuhr herum und vor mir stand ein großer schwarzer Mann in einem leuchtend blauen Gewand.

»Der heilige Charles Lwanga (gestorben 1885), Märtyrer von Uganda«, sagte ich.

»Stimmt.« Er wollte mir die Hand geben. Sie war blutig. »Entschuldige bitte. Ich wurde geköpft, weißt du.«

»Ich weiß. Warst du das?«

»Nein. Aber wir können dir helfen sie wieder aufzubauen. Es gibt ja genug von uns.«

Erst als er es sagte, bemerkte ich, dass all die anderen Märtyrer von Uganda ebenfalls da waren. Zweiundzwanzig Märtyrer in fantastischen Landestrachten, die mir alle zuwinkten.

»Enthauptungen waren damals in Uganda ziemlich populär. Einige von uns waren im Baugewerbe tätig, ehe sie Märtyrer wurden. Wir tun, was wir können, aber versprechen kann ich nichts. Da sind ja wirklich ein paar Vandalen am Werk gewesen.«

»Weißt du, wer es war?«

Sein Blick schweifte in die Ferne. »Ich kann jemandem hilfreich die Hand reichen, aber ich kann nicht den Finger heben, um auf jemanden zu zeigen. Du musst es selbst herausfinden.«

Gemeinsam machten sich alle an die Arbeit, um die Eremitage wieder aufzubauen, und dabei sangen sie das wunderbarste Lied, das ich je gehört hatte. Die Melodie wogte wie Wellen auf hoher See und manchmal hob sich eine einzelne Stimme von allen anderen ab, wie ein Vogel, der vor einem Sonnenuntergang auftaucht. Während sie sangen, flogen plötzlich zwei afrikanische Graupapageien herbei und ließen sich auf dem Bahnzaun nieder, als würden sie zuhören.

»Ich mag diese Vögel. Sie erinnern mich an zu Hause. Hast du sie freigelassen?«

»Ja. Wie der heilige Franziskus, weißt du. Wovon handelt das Lied denn?«

»Von Wasser. In Uganda müssen die Menschen nämlich für Wasser bezahlen. Manchmal bis zu 10 Prozent ihres Einkommens. Schuld daran ist diese verdammte Privatisierung. Erzähl mir bloß nichts über diesen verdammten Internationalen Währungsfonds und die Weltbank.«

»Okay, mach ich nicht.«

»Die Menschen können es sich nicht mal leisten, ihre Hände zu waschen. Deswegen werden sie krank. Man braucht keine speziellen Krankenhäuser oder Medikamente, um zu erreichen, dass es den Menschen besser geht. Man braucht bloß billiges, frisches Wasser. Wusstest du, dass es nur tausend Pfund kostet, einen Brunnen zu bohren?«

»Nein, das wusste ich nicht. Das sind ja grandiose Neuigkeiten! Ist das auch wirklich wahr?«

»Absolut wahr.«

Anthony schien fast genauso aufgeregt zu sein wie ich, als ich ihm davon erzählte. Er war gerade auf der Online-Shopping-Seite und starrte auf den Bildschirm, während er sich das Bild eines Unterwasser-Scooters (325 Pfund zzgl. Porto und Versand) runterlud. »Das ist ja fantastisch. Tausend Pfund für einen Brunnen. Du könntest ja zwei kaufen.«

»Ich dachte, ich kaufe zweihundertzwanzig.«

Er biss sich auf die Lippen. »Oh, ach so.«

»Ja. Es gibt da so eine Hilfsorganisation, die bauen Brunnen. Denen geben wir das Geld. Und die bauen die Brunnen. Dann sind wir aus dem Schneider.«

»Und wie willst du ihnen das Geld geben? 220 Tausender mit der Post verschicken? Hast du mal getestet, was das wiegt? Ich will dir mal was zeigen. Sieh dir diese Website an. Da kann man Quad Bikes kaufen. Und hier die Unterwasser-Scooter – das sind diese Propellerdinger, von denen die Taucher sich durchs Wasser ziehen lassen. Die können wir uns leisten. Wir können uns eine ganze Flotte davon leisten. Und können wir sie kaufen? NEIN. Weil man dazu nämlich eine Kreditkarte braucht. Oder wir müssen in den Laden gehen und das können wir nicht, weil wir Kinder sind. Wie heißt deine Hilfsorganisation denn?«

Sie hieß Water Aid. Wir schauten bei Google nach und fanden sie in Shrewsbury.

»Jetzt erzähl mir mal, wie du mit einem Sack voll Geld nach Shrewsbury kommen willst.«

»Die kommen vorbei«, sagte ich. »Die Hilfsorganisation kam damals auch vorbei, als wir den Schrank aus unserem alten Haus weggegeben haben. Ich bin sicher, dass die Wasserleute einfach herkommen und das Geld abholen.«

Anthony starrte mich an. Er wusste einfach, dass ich Recht hatte, und fing wieder an zu googlen.

»Dann ruf ich da jetzt an, okay?«, sagte ich.

»Wie du willst. Wenn du dir sicher bist, dass du das Geld dafür investieren willst.«

»Oh, absolut sicher. Weißt du, wie sehr ein Brunnen das Leben in einem afrikanischen Dorf verändern kann? Nämlich ...«

»Bestimmt total. Aber Indien interessiert dich wohl gar nicht, was?«

»Wie meinst du das?«

»Na, in Indien werden Brunnen genauso gebraucht. Und in Afghanistan. Dort sind die Leute verzweifelt, aber bitte, wenn du Afrika vorziehst ...«

Er klickte ein Foto an, auf dem ein kleines Mädchen mit staubigem Haar irgendwo im Irak in einem Trümmerhaufen stand. Dann das eines einbeinigen Jungen im Kosovo. Dann eins von einem Baby mit aufgeblähtem Bauch in Mosambik.

»Wie du meinst, Damian, was geht dich das an.«

»Das hab ich doch gar nicht gesagt. Vielleicht können wir das Geld ja aufteilen ... Vielleicht können wir ...«

»Übrigens, wusstest du das hier? Dass man mit einer

Spritze, die nicht mal ein Pfund kostet, die Flussblindheit verhindern kann? Mit einer viertel Million könnte man diese Krankheit so gut wie ausrotten.«

»Das wäre schon gut, aber …«

»Aber was?«

»Jetzt weiß ich nicht mehr, was ich tun soll.«

»Dann denk drüber nach.«

Ich setzte mich ans Fußende des Bettes und starrte auf den Teppich. Ich starrte ihn so lange an, bis das Bett sich zu bewegen schien.

»Ich meinte nicht, dass du sofort darüber nachdenken sollst. Vielleicht schläfst du noch mal eine Nacht drüber.«

Ich blickte hoch. Anthony starrte auf das Bild einer Frau auf seinem Monitor. Er hatte schon wieder gegooglet.

»Was machst du denn da?«

»Siehst du diese Frau? Die kann man kaufen. Guck mal, die hier heißt Victoria. Preis: £ 39,99.«

»Zeig mal her. Bist du sicher?«

Er schob mich weg. »Hirnmüllkippe. Das ist eine Website für Unterwäsche. Guck.« Er zoomte einen BH aus Spitze heran. Ein Strudel schwarzer und rosafarbener Pixel wirbelte über den Bildschirm. »Siehst du das? Man kann sehen, wie er vorsteht. Das ist ihr Nippel.«

Für mich sah es mehr wie Pixel aus. »Wozu ist der gut?«

»Na, um Babys zu füttern.«

»Hatte Mum auch so einen?«

»Sie hatte zwei. Jede Frau hat zwei.«

»Und mit denen hat sie uns gefüttert?«

»Ja. Daran erinnere ich mich.«

»Du erinnerst dich doch nicht an deine Zeit als Baby.«

»Aber ich erinnere mich an dich. Wie sie dich gefüttert hat.«

Ich betrachtete Victoria eine Weile. Sogar nachdem Anthony sich ausgelogged hatte, sah ich sie immer noch vor mir, als ich im Bett lag. Ich stellte mir vor, dass man sie wirklich für £ 39,99 bestellen könnte und dass sie käme und wir zusammen nach Shrewsbury führen und herausragend wären und in einem Rutsch bis zur obersten Leitersprosse hinauffliegen würden.

12

Mal rein physikalisch betrachtet ist Wasser erstaunlich. Der Mensch besteht zu über 80 Prozent aus Wasser. Und die Erde besteht zu fast 70 Prozent aus Wasser. Vom Weltraum aus gesehen sieht sie wie ein Tropfen aus. Mal rein ökonomisch betrachtet sind die meisten kostbaren Dinge, wie Gold und Edelsteine, deswegen so kostbar, weil es nur wenig davon gibt. Es gibt mehr Wasser als irgendetwas anderes auf der Welt und trotzdem ist Wasser kostbarer als Gold. So kostbar, dass manche Menschen in Wüstenregionen bereit sind, fast den ganzen Tag dafür zu arbeiten. In einigen Ländern stehen die Frauen jeden Morgen um vier Uhr auf, um Wasser zu holen, damit sie rechtzeitig wieder zurück sind, um ihr Tagewerk zu beginnen. Niemand würde dasselbe für Gold tun. Und Gold oder Edelsteine sind auch dann noch wertvoll, wenn sie nicht ganz in Ordnung sind. Bei Wasser ist das anders. Mal rein chemisch betrachtet kann man, wenn es die falsche Konzentration an Salz oder Giftstoffen hat, verdursten, selbst mit einem ganzen Ozean davon in Reichweite. Wenn jemand zu krank ist, um zu essen, muss man Wasser aus einer kleinen Tüte in ihn hineinpumpen. Durch die Versorgung mit genügend Wasser kann man das Leben der Menschen verändern. Man muss sich nur mal vorstellen, wie viel mehr Zeit diese Frauen mit ihren Kindern verbringen oder wie viel länger sie einfach schlafen könnten, wenn sie nicht mehr so früh morgens ihre Dörfer verlassen müssten. Mit nur wenig Wasser kann man auf einem Hof Mais anbauen und sich Hühner halten und hat gerade so genug zu essen. Aber mit *viel* Wasser kann man Erbsen anbauen und Bananen, Ananas, Mangos, Süßkartoffeln, Eukalyptusbäume, einfach alles, und kann Geld verdienen und seine Kinder in die Schule schicken und ist nie wieder arm.

Ich sah es förmlich vor mir: ein langer Fluss mitten durch die Wüste und ringsum überall grüne Triebe und hervorsprießende Blätter und wehendes Gras und Früchte, die immer größer und praller wurden, und trinkende Kühe und wie die ganze Wüste zum Leben erwachte wie die ausgemalten Seiten eines Malbuches. Da wachte ich auf und merkte, dass ich ins Bett gepinkelt hatte.

Das war mir nicht mehr passiert, seit Mum sich an dem besseren Ort aufhielt. Zum Glück war Dad schon zur Arbeit gegangen und Anthony schlief noch. Ich zog das Bett ab und wusch das Bettzeug bei 40° (farbechte Baumwollsachen), zusammen mit ein paar

Handtüchern und meinem Schlafanzug. Ich versuchte es als Selbstkasteiung zu betrachten, aber nachdem ich den Startknopf gedrückt hatte, hatte ich das Gefühl, mich wieder hinlegen zu müssen. Das ging nicht, weil keine Bettwäsche da war, und ich musste an dem Tag sowieso zur Schule. Ich bin echt froh, dass ich es nicht tat, denn es war der Tag, an dem ich Dorothy zum ersten Mal begegnete.

Ich glaube, ich war der Erste, der sie sah. Ich hängte gerade meinen Mantel auf, als sie an mir vorbeiging, während sie mit Mr Quinn redete. Sie trug eng am Kopf geflochtene Zöpfchen, so wie Gemma, und dazu ein schickes Jackett wie die Damen in der Kosmetikabteilung. Und sie hatte eine von diesen Plastiktonnen mit Klappdeckel unterm Arm.

Als es klingelte, sollten wir uns alle in die Aula begeben statt in unsere Klassenzimmer, weil eine besondere Vollversammlung stattfände.

»In Klassengruppen und bitte leise«, sagte Mr James, der Rektor. Er trug seine Krawatte mit dem Rentier drauf.

Wir reihten uns ein, als aus der Gruppe der fünften Klasse plötzlich jemand aufschrie. Alle stellten sich auf die Zehenspitzen und drängten nach vorn, um besser sehen zu können.

Mr James sagte: »Kinder ... Kinder ... jeder tritt einen Schritt zurück, dann können auch alle was sehen.« Er zwinkerte der schicken Dame zu, die nun neben ihm auf der Bühne stand.

Ein Kreis bildete sich und dort in der Mitte stand Shumita neben diesem Plastikeimer mit Klappdeckel, den ich bereits kannte. Er schien nicht besonders interessant zu sein. Bis plötzlich der Klappdeckel aufsprang und eine Stimme aus dem Eimer tönte: *»Na, wie heißt du denn?«*

»Ogottogott«, sagte Shumita.

»Hallo, Ogottogott«, sagte die Plastiktonne und alle lachten.

»Shumita. Ich heiße Shumita.«

»Ich mag deine Zöpfe, Shumita«, sagte die Tonne.

»Oh, wie furchtbar, es kann mich sehen. Wie kann es mich denn sehen?«

»Keine Angst, ich komme in friedlicher Absicht.« Die Stimme klang sanft und freundlich.

Jemand aus der Sechsten drängte sich an Shumita vorbei, um besser sehen zu können.

»Kein Gedrängel, bitte, kein Gedrängel«, sagte die Tonne.

»Das ist ja toll«, sagte der Schüler aus der Sechsten.

»Wie heißt du denn?«, fragte die Tonne.

»Wie funktioniert denn das?«

»Guten Tag, Wie-funktioniert-denn-das!«

Ich drehte mich um und schaute zur Bühne rüber. Mr James grinste über beide Ohren. Die schicke Dame schien leise mit sich selbst zu sprechen. Sie drückte einen Finger ans Ohr und hielt beim Sprechen etwas, das wie ein Füller aussah, dicht an ihren Mund. Ich möchte ja niemanden beleidigen, aber mir war klar, dass sie die Tonne steuerte und dass es ihre Stimme war, die wir hörten. Sie steckte das Füllerding in ihr Jackett und bat Shumita, ihr die Tonne zu bringen.

Es wurde still, denn alle warteten auf eine Erklärung.

Stattdessen rief sie: »Wer interessiert sich für die Armen?«

Ich konnte es kaum glauben.

Meine Hand schoss nach oben. Und alle anderen auch, was bedeutet, dass nicht jeder richtig ehrlich war. Die Dame begann uns etwas über die Euroumstellung zu erzählen. Sie fragte, wie viel ein Pfund in Euro wert sei. Das wussten alle. Dann wollte sie wissen, wie viel zwei Pence wert wären. Die Hände blieben eine ganze Weile unten.

»Ich sag's euch: nicht sehr viel«, erklärte sie. »Aber wie viele Leute sind wir hier? Lasst uns mal zählen.«

Sie begann auf die Leute zu zeigen und zu zählen. Als sie bei Nummer dreizehn angelangt war, sagte sie: »Dich hatte ich schon, ganz bestimmt«, und Mr James erklärte: »Es sind 368. Heute sind es 368.«

»Danke sehr. Und was macht 368 mal zwei?«

Ich meldete mich, um derjenige zu sein, der es ihr sagte. Aber als sie mich drannahm, stellte ich fest, dass ich die Antwort gar nicht wusste. Es war Anthony, der antwortete: »Macht 736.«

»Richtig. Sieben Pfund und sechsunddreißig Pence, das macht in Euro ... zehn Euro und siebenunddreißig Cent. Das ist hier immer noch nicht viel, aber in Äthiopien kann man dafür einen Sack Getreidesaat kaufen und eine Familie den ganzen Herbst über ernähren. Nur für zwei Pence von jedem. Und was wäre, wenn mir jeder vier geben würde? Wie viel hätte ich dann?«

Ich meldete mich wieder und sagte: »Zwanzig Euro und vierundsiebzig Cent.«

»Stimmt ganz genau. Hier, das ist für dich.« Sie hielt einen gelben Plastik-Euroumrechner in Form der Euro-Werbeente hoch und ich musste rauf auf die Bühne, um meinen Preis bei ihr abzuholen. Sie redete weiter und wuschelte mir über den Kopf, als ich wieder zu meinem Platz zurückging.

»Aber was wäre, wenn ihr mir von heute bis zum Ende des Halbjahrs jeden Tag sieben Euro fünfzig geben würdet? Was könnten wir dann damit tun? Ich wette, wir könnten einen Brunnen bauen.«

»JA!«, brüllte ich.

Sie guckte zu mir rüber und lächelte. »Tja, offenbar kann sich da jemand für diese Idee begeistern«, sagte sie. »Und das erstaunt mich nicht.« Sie strich mir noch mal übers Haar, als sie an mir vorbeiging und anfing, all den anderen Dinge über Brunnen zu erzählen, die ich längst wusste. Ich nickte die ganze Zeit, während sie redete. »Wenn die Euroumstellung kommt, kriegt ihr für euer Kleingeld nicht mehr viel«, sagte sie. »Aber für andere kann es von großem Nutzen sein. Euch nützt es nichts mehr, also ... WERFT ES IN DIE TONNE!!!«

Alle fingen an Fünfpence- oder Zweipencestücke in die Plastiktonne zu werfen, nur um zu hören, wie sie *»Danke!«* sagte oder *»Ist das alles? Komm, du hast bestimmt noch mehr, oder?«*.

Als ich an ihr vorbeikam, fragte die Tonne: *»Und du? Wie heißt du denn?«*.

»Damian«, sagte ich.

»Hast du ein bisschen Geld für mich, Damian?«

Ich nickte und schaute zu der Dame rüber. Sie sah mir direkt ins Gesicht. So diskret wie möglich steckte ich alles, was ich in den Hosentaschen hatte, in den Behälter. Dann schaute ich wieder zu ihr hoch. Sie zwinkerte mir zu und die Tonne rollte weiter.

Anthony tauchte hinter mir auf und flüsterte: »Was hast du da gerade getan?«

»Dasselbe wie alle anderen. Geld hineingelegt.«

»Wie viel Geld?«

»Nur das, was ich dabeihatte.«

»Nämlich wie viel?«

»Ein paar tausend. Vielleicht drei.«

»Dreitausend! Wieso schleppst du denn dreitausend Pfund mit in die Schule?«

»Nur für alle Fälle. Einfach so. Das verstehst du eh nicht.«

»Kapierst du denn nicht, dass es verdächtig ist?«

»Das ist doch nicht verdächtig. Ungewöhnlich vielleicht, aber nicht verdächtig. Wie kann es denn verdächtig sein? Das Geld gehört doch uns.«

Anthony sah mich lange und eindringlich an. »Okay«, sagte er. »Es wird langsam Zeit, dass du die Wahrheit erfährst.«

Als wir nach Hause kamen, zeigte er mir eine Website, die er gebookmarked hatte. Es war eine seiner Lieblingssites. Dort gibt es Nachrichten aus aller Welt, aber immer aus finanzieller Sicht. Wenn sie zum Beispiel über die Olympischen Spiele berichten würden, könnte man dort nachlesen, wie viel die Goldmedaillen wert sind. Im Archiv gab es ein Foto von einem Zug. Darunter stand: »Tonnenweise Geld«.

»Klick mal an«, sagte Anthony.

»Warum?«

»Du wirst schon sehen.«

Es erschien ein Text:

Bedauerlicherweise ist der Ausdruck »tonnenweise Geld« für die meisten von uns nur eine Redewendung. Gestern aber entkamen bei einem Raubüberfall die Täter mit buchstäblich tonnenweise Geld in gebrauchten Pfundscheinen von hohem Nennwert, die zur Vernichtung in einer staatlichen Müllverbrennungsanlage nahe Warrington bestimmt waren. Der Überfall wurde mit militärischer Präzision geplant und relativ kostengünstig kalkuliert. Der Betrag der erbeuteten Summe könnte bei etwa sechs Millionen Pfund liegen.

LINKS: Geniale Geldraub-Fälle der Geschichte, hier klicken.
Was würden Sie mit »tonnenweise Geld« so alles tun?
Kommentare schreiben und lesen, hier klicken.

»Was hat das mit uns zu tun?«, fragte ich.
»Lies weiter.«

WIE MAN SECHS MILLIONEN PFUND VERSCHWINDEN LÄSST.
DER COUNTDOWN DES SUPER-ÜBERFALLS.
Letztes Update: 1. Dezember, 7.00 Uhr

Ab 16.00 Uhr: Bahnhofspersonal und Verkehrspolizei sichern Bahnsteig 1 der Londoner King's Cross Station und beginnen mit dem Verladen von zwölfeinhalb Tonnen Papiergeld auf einen Güterzug. Das Geld soll auf Grund der am 17. Dezember bevorstehenden Euroumstellung verbrannt werden.

18.55 Uhr: Der Zug ist vollständig beladen und abfahrbereit. Den Verantwortlichen wird mitgeteilt, dass vor

20.00 Uhr keine Streckenfreigabe erfolgen kann. (Von der Bahn veranschlagte Kosten für die Bereitstellung der Strecke von King's Cross nach Warrington: € 70 000.)

19.05 Uhr: Ein Transporter mit offiziellem Bahnlogo erscheint am Ende des Bahnsteigs. Bei dem Fahrzeug handelt es sich um einen drei Jahre alten Ford Rascal (empf. EHP: € 9000).

Hier klicken für www.ford.uk.com
günstige Transporter und Limousinen

19.07 Uhr: Der Transporter fährt mit Vollgas auf die Sicherheitsbeamten zu. Die Wachposten springen beiseite und zehn mit Kapuzenmützen vermummte Männer in serienmäßig hergestellten Newcastle-United-Trikots (empf. EHP/St.: € 49,99) springen heraus, schlagen mit Baseballschlägern um sich und dringen in den Zug ein.

Hier klicken für toonarmyshop.com –
offizieller Vertreiber von Newcastle-
United-Merchandisingprodukten,
Originalkopien von Trikots,
Ausrüstung, Programmheften

Hier klicken für Raubüberfall-Videoclip,
Filmmaterial der Überwachungskameras
(erfordert Quicktime Player 5
oder spätere Versionen)

Gegen 19.12 Uhr: Verkehrspolizei, eine Hundestaffel und eine bewaffnete schnelle Eingreiftruppe sind vor Ort. Die Täter steigen wieder in ihren Transporter und rasen davon, wobei sie die Gefährdung anderer rücksichtslos in Kauf nehmen. Sie haben sich nur neunzig Sekunden lang in dem Zug aufgehalten. Die Wachposten geben zu Protokoll, dass nur ein versiegeltes Paket mit Banknoten fehlte.

Link: Filmaufzeichnung der Zeugenaussage (erfordert Quicktime 5 oder spätere Versionen), hier klicken

Ab 19.16 Uhr: Der Transporter wird von der Polizei verfolgt. Die Täter lassen ihn nach kurzer Zeit in einer Straße mitten in der Innenstadt stehen und flüchten zu Fuß weiter. Die Polizei verfolgt sie bis zur Norfolk Road, wo sich herausstellt, warum für den Überfall ausgerechnet dieser Tag und dieser Ort gewählt wurde. An diesem Abend findet das Erste-Liga-Spiel Arsenal gegen Newcastle United statt (39000 Zuschauer à € 40 durchschnittlicher Eintrittspreis). In den Straßen drängen sich Tausende von Newcastle-Fans, die alle dieselben Trikots tragen wie die Täter. Die Männer tauchen einfach in der Menge unter.

19.40 Uhr: Die Verkehrspolizei kehrt zu dem verlassenen Transporter zurück und stellt fest, dass das vermisste Geldpaket (€ 50000) noch auf dem Rücksitz liegt. Es wird zum Bahnhof King's Cross zurückgebracht.

23.50 Uhr: Der Zug kann endlich abfahren. Der Überfall scheint vereitelt worden zu sein.

Hier war die Seite zu Ende. »Okay, ich hab's gelesen«, sagte ich. »Na und?«

Anthony scrollte ein bisschen weiter nach unten.

1. Dezember: Der Zug erreicht den Zielbahnhof, wo sich die tatsächlichen Umstände des Überfalls aufklären. Der brutale Zwischenfall in King's Cross war kein echter Raub, sondern nur ein einfaches Ablenkungsmanöver. Zehn Täter waren in den Zug eingedrungen, aber nur neun flüchteten in dem Transporter. Der letzte versteckte sich zwischen den Paletten mit Papiergeld. Sobald der Zug sich in Bewegung setzte, begann er die Pakete aufzureißen und füllte Dutzende von JJB-Sportbeuteln (EHP/ST.: € 42,99) mit Banknoten. Jedes Mal wenn der Zug in einer Kurve abbremsen musste, warf er eine der Taschen hinaus. Jede dieser Taschen enthielt um die 250000 Pfund. An den vereinbarten Abwurfstellen warteten andere Mitglieder der Bande, um die Taschen zu bergen. Auf der gesamten Strecke zwischen King's Cross und Warrington wurden etwa sechs Millionen Pfund aus dem fahrenden Zug geworfen. Unterwegs tauschte der unbekannte Täter sein Fußballertrikot gegen die offizielle Arbeitskleidung des Bahnpersonals und mischte sich, als der Zug ankam, unter die Träger und Gabelstaplerfahrer, die das Geld ausluden. Dann nutzte er die erstbeste Gelegenheit, um den Bahnhof zu verlassen. Das Aufteilen der Gesamtsumme in relativ kleine Beträge erleichtert den Umtausch (aktueller Kurs: 71 Pence = 1 Euro) vor der Währungsumstellung. Eine verloren gegangene Tasche wurde heute früh in der Nähe von Nuneaton aufgefunden und lieferte wichtige Hinweise zur Rekonstruktion des Verbrechens. Einige weitere Abwurfstellen befanden sich wahrscheinlich in der Nähe von Crewe, Stafford, Penkridge und Watford.

LINKS: Übersichtsplan der Bahnstrecke mit eingezeichneten Kurven, hier klicken. Ihre Chancen, eine der Taschen zu finden, hier klicken!

Anthony hatte mir die ganze Zeit über die Schulter geguckt und mitgelesen. Er lächelte. »Gib's zu«, sagte er.

»Was denn?«

»Na, ist doch genial, oder? Sechs Millionen. In unmarkierten Scheinen. Total unaufspürbar. Es wurde nicht mal jemand dabei verletzt. Und das Geld sollte sowieso verbrannt werden. Also war es in gewisser Weise nicht mal ein Überfall oder Diebstahl. Eher eine Müllwiederaufbereitung.«

Zuerst war ich eine ganze Weile sprachlos. Dann rief ich: »Sei still!«

»Was?«

»Warum musstest du das tun? Warum konntest du's nicht einfach für dich behalten?«

»Weil du es wissen musst. Weil diese Leute, die das getan haben, gefährlich sind. Sie haben das Geld überall im ganzen Land verteilt. Also müssen es eine Menge Leute sein. Wenn einer von ihnen die Tasche abholen sollte und zu spät käme, was würde dann passieren? Jemand anders könnte die Tasche finden. Du zum Beispiel. Meinst du wirklich, dass sie dann sagen würden, na ja, macht ja nichts? Oder denkst du eher, sie würden nach der Tasche suchen? Sie würden kommen, um nach dir zu suchen, Damian, sie würden nach uns suchen, und sie könnten jeder sein: ein Mann mit einem Glasauge, eine Frau mit Zöpfchen oder irgendwelche Leute mit seltsamem Akzent und unglaublich weißen Hemden. Du musst dich in Acht nehmen. Die wollen ihr Geld zurück, und zwar schnell. Weil sie nur noch ein paar Tage Zeit haben, es umzutauschen.«

»Ich dachte, es wäre von Gott.«

»WAS?«

»Wer sonst hätte so einen Haufen Geld?«

»Na ja, vielleicht stimmt das ja irgendwie. Jedenfalls sind seine Wege manchmal unergründlich.«

»Aber er überfällt keine Bank. Gott überfällt keine Bank, klar?«

Immer wenn es theologisch wird, hört Anthony mir nicht mehr zu. Er sagte bloß: »Tja, wenn er's nicht war, stellt sich die Frage: wer dann? Denk drüber nach.«

Am Montagmorgen kam Mr James mitten in der Mathestunde zu uns herein, was er normalerweise niemals tat. Wir sollten unsere Bleistifte hinlegen und ihn bitte ansehen. Er machte eine ernste Miene.

»Ihr erinnert euch sicher«, sagte er, »dass letzte Woche eine Dame hier war, die für eine Hilfsorganisation Geld gesammelt hat. Sie ist jetzt hier und möchte euch etwas fragen. Ich möchte, dass ihr aufmerksam zuhört und ihre Fragen ehrlich beantwortet.«

Er öffnete die Tür und herein kam die schicke Dame. Während sie sprach, stellte sich Mr James neben sie und starrte einen nach dem anderen durchdringend an.

»Letzten Freitag habe ich euch gebeten, mir euer Kleingeld zu geben, und ihr habt sehr großzügig darauf reagiert. Äußerst großzügig. Aber irgendjemand spendete einen hohen Betrag. Einen beunruhigend hohen Betrag, um ehrlich zu sein. Und wir wollen bloß herausfinden, von wem diese Spende kam, damit wir wissen, ob … na ja … ob diese Spende rechtlich gesehen unbedenklich ist. Es wäre also toll, wenn die Person, die das Geld gespendet hat, nach vorne kommen würde.«

Ich wollte mich gerade melden und sagen: »Das war ich!«, als Tricia von ihrem Stuhl aufsprang und behauptete, sie sei es gewesen.

Mr James blickte sie an. »Darf ich fragen, wie viel du hineingelegt hast, Tricia?«

»Ich habe zehn Pfund hineingelegt.«

»Tja«, sagte die schicke Dame, »das war sehr nett von dir, aber ...«

Mr James unterbrach sie. »Woher hattest du die zehn Pfund, Tricia?«

Sie drehte ihren Kopf leicht in meine Richtung und antwortete: »Ich habe was verkauft, Sir, und als uns die Dame von dem Wasser erzählte, wollte ich einfach etwas tun. Es tut mir Leid, Sir ...«

»Unfug. Dein Handeln war herausragend. Wirklich. Gut gemacht.«

Was Tricia nicht erwähnte, war, dass es sich bei dem Verkauf um eine Zeichnung von zwei Pferden vor ein paar Bergen und *ohne Sattel* handelte, für die sie hundert Pfund bekommen hatte.

»Aber das ist nicht der Fall, um den es geht.« Er ließ seinen Blick durch die Klasse schweifen. »Ich denke, es wird das Beste sein, dass der Betreffende sich irgendwann bei mir im Büro meldet, egal wann, gerne heute. Wie gesagt, wir müssen nur wissen, von wem das Geld stammt.«

Und damit ging er.

Während der ganzen restlichen Mathestunde grübelte ich darüber nach, was ich sagen sollte. Als es zur kleinen Pause läutete, hatte ich mich entschieden. Ich lief direkt zum Rektorat und übte dabei meine Rede. »Wir wussten nicht, dass es gestohlen war«, würde ich sagen. »Wir wollen es an die Armen verteilen. Die Regierung will das

Geld verbrennen, bloß weil es alt ist, das ist doch gemein. Okay, manche Scheine sind ein bisschen oll, aber das ist nichts, was man mit ein bisschen Tesa nicht reparieren könnte, und den armen Menschen auf der Welt ist es doch egal, wie Geld aussieht …« Ich war mir nicht sicher, ob dieser Abschnitt mit dem Tesa wirklich notwendig war. Gerade als ich mich entscheiden wollte, bemerkte ich, dass jemand anders schneller gewesen war als ich. Jemand, dessen Anblick mich überraschte. Vor der Tür von Mr James stand mein Bruder Anthony.

»Was machst du denn hier?«, flüsterte ich.

»Ich wusste, dass du's ihnen sagen würdest. Ich lass dich das doch nicht allein machen. Es gibt Interessen, die ich vertrete.«

Ehe ich etwas dagegen sagen konnte, hatte Mr James die Tür geöffnet, uns hereingebeten und Platz nehmen lassen.

Ich war nie zuvor in Mr James' Büro gewesen. Man muss sehr schlimme Dinge tun, um dort hineinzukommen. An der Wand hängt eine Uhr, bei der die Zahlen falsch rum laufen. Auch die Zeiger drehen sich in die falsche Richtung. Man könnte denken, dass die Zeit zurückgedreht wird, wenn man nur lange genug auf diese Uhr starrt, aber so ist es nicht. Man kriegt eher das Gefühl, dass die Zeit von überall her auf einen einstürzt.

»Nun«, sagte Mr James. »Die Brüder Cunningham, hm? Was führt euch zu mir?«

»Ich habe das Geld in die …«, fing ich an.

»Wir haben den hohen Betrag gespendet«, unterbrach mich Anthony. »Für die Hilfsorganisation.«

»Ich war's«, sagte ich. »Und sonst keiner.«

»Aber das Geld gehörte uns beiden.«

»Davon bin ich überzeugt«, sagte Mr James. »Es ist nur so … Wo genau hattet ihr das Geld denn her, wenn ich mal fragen darf?«

»Also, zuerst dachte ich, es wäre vom Himmel …«

»Geklaut«, sagte Anthony, ehe ich weitersprechen konnte.

Mr James starrte ihn an.

»Wir haben es den Nachbarn gestohlen.«

Den Nachbarn?

»Das reicht jetzt«, sagte Mr James. Er hob seine Hand, um uns zum Schweigen zu bringen, und rief auf der Stelle Dad an. »Mr Cunningham? Ich denke, Sie sollten besser herkommen, wenn das möglich ist. Wir haben hier ein Problem.«

Dad brauchte siebzehn Rückwärtsminuten, um zur Schule zu kommen. Währenddessen erklärte uns Mr James, dass er nicht mit uns sprechen wolle, solange unser Vater nicht anwesend sei, weil dies die korrekte Vorgehensweise wäre. Er erledigte einige Anrufe und benotete ein paar Hefte, während wir schweigend dasaßen. Ich hätte Anthony am liebsten angebrüllt, aber ich traute mich nicht.

Als Dad hereinkam, standen seine Haare vorne in die Höhe. Immer wenn er durcheinander ist oder sich Sorgen macht, fährt er sich mit den Fingern durch die Haare und dann steht es ab. Also musste er es auf dem Weg zur Schule ziemlich oft getan haben.

»Nach allem, was wir durchgemacht haben«, sagte er und sah erst mich an und dann Anthony und dann wieder mich. »Nach alldem habt ihr mich belogen. Das ist nämlich das Schlimmste, nicht das Klauen, sondern das Lügen.«

Mr James räusperte sich. »Ehrlich gesagt ist das Klauen ziemlich schlimm. Das Stehlen, meine ich. Das Stehlen ist ziemlich schlimm. Gesetzt den Fall, ihr *habt* es gestohlen. Habt ihr es gestohlen?«

Er sah mich an. Und mir wurde klar, dass ich jetzt die Wahrheit sagen konnte und dass alles ganz logisch klingen würde und dass sie das Geld dann in ihre Obhut nehmen würden und damit wäre alles in Ordnung. »Nein, haben wir nicht«, sagte ich. »Wir ...«

»Doch, haben wir«, sagte Anthony. »Wir haben es diesen Leuten gestohlen.«

»Welchen Leuten?«

»Diesen Leuten mit den weißen Hemden, du weißt schon. Denen aus unserer Straße. Diesen Maronen.«

»Den Mormonen!« Dads Gesicht färbte sich knallrot. »Ihr habt es den Mormonen gestohlen?«

»Nein«, sagte ich. »Ja«, sagte Anthony. Irgendwie

klang Anthony überzeugender. Ich glaubte es selber fast.

Dad fuhr sich mit den Fingern durch die Haare und sagte nichts mehr.

Mr James beugte sich vor und forderte Anthony mit sanfter Stimme auf, den Anwesenden zu erklären, warum wir es getan hatten.

Anthony sah den Rektor an und sah Dad an. Dann gab er einen überdimensionalen Schniefer von sich, schluchzte »Meine Mum ist tot« und brach in Tränen aus.

Im selben Moment gerieten die Erwachsenen in Panik. Es war, als wäre plötzlich Feuer ausgebrochen. Dad drängte uns aus dem Zimmer, während Mr James immer nur die ganze Zeit wiederholte: »Natürlich … natürlich … natürlich …« Als wir aus dem Büro raus waren, trieb er uns den ganzen Weg bis nach draußen vor sich her, durch den Millenniumgarten bis zum Parkplatz. Anthony schniefte und heulte die ganze Zeit ununterbrochen weiter.

Auf dem Parkplatz stieg die Zöpfchendame gerade aus ihrem Wagen. Als sie mich erkannte, lächelte sie. Dann blieb sie stehen und rief Dad hinterher: »Entschuldigen Sie die Frage, aber sind dies zufällig die beiden Jungen, die …«

»… das Geld gestohlen haben, ja doch.«

»Oh, dann war es also gestohlen. Ich dachte, die Schule wäre vielleicht ein wenig, na ja, wohlhabender.

Und großzügiger ... Ich bin diejenige, die es gemerkt hat. Tut mir Leid, falls ich Unannehmlichkeiten verursacht habe. Ich dachte nur ...«

»Es war richtig, es war richtig. Die beiden haben es gestohlen. Da können Sie schließlich nichts dafür.«

»Immerhin haben sie es für einen guten Zweck gespendet. Das hätte ich in diesem Alter nicht getan. Also müssen Sie als Vater doch irgendwas richtig gemacht haben.«

»Sind Sie von der Sozialbehörde?«

»Ich? Nein! Ich bin nur zufällig hier. Ich gehe an die Schulen, erkläre die Sache mit der neuen Währung und sammle Geld für Hilfsprojekte.«

Anthony gab einen weiteren Schniefer von sich. Dad schubste uns beide auf den Rücksitz und ließ die Wagentür zufallen. Kaum war sie geschlossen, drehte sich Anthony zu mir und lächelte: »Na bitte. Die alten Tricks sind immer noch die besten, was?«

Ich hörte nicht hin, sondern beobachtete, wie die Zopfdame soeben zu Lebzeiten ein Wunder vollbrachte. Sie unterhielt sich mit Dad und er lachte. Kein Lächeln oder dieses Höflichkeitsding aus Zähnen und Luft, sondern ein richtiges Lachen. Und dabei strich er sich die Haare wieder nach unten. Er wirkte immer noch fröhlich, als er zu uns in den Wagen stieg. Ich beugte mich vor und fragte, was sie gesagt hatte.

»Sie meinte, euch beide müsste man einsperren.«

Wir fuhren über die Brücke nach Hause. Ich betrachtete die vorbeihuschenden Verstrebungen durchs Schiebedach. »Dad, was ist eine Schwebebrücke?«, fragte ich. Ich wusste ganz genau, dass er in seinem Leben schon einige Brücken erwähnt hatte, – die Hafenbrücke von Sydney, die Humber Bridge bei Kingston, die Seufzerbrücke in Venedig – und ich dachte, es würde ihn vielleicht auf andere Gedanken bringen, etwas darüber zu erzählen.

»Himmelherrgott, halt den Mund«, sagte er.

Was ja auch der heilige Rochus getan hat, also tat ich es auch.

Als wir nach Hause kamen, erfuhr Anthony zu seiner Beunruhigung, dass die Polizei den Mormonen das Geld zurückgeben würde und dass wir außerdem hingehen sollten, um uns bei ihnen zu entschuldigen. Weil wir ihnen das Geld ja gar nicht wirklich gestohlen hatten, stand uns vielleicht ein Augenblick der Lebensgefahr und Selbstgeißelung bevor. Das sagte ich auch zu Anthony, aber seine Antwort war derart unerquicklich, dass ich sie lieber nicht aufschreibe.

Der Gemeindepolizist begleitete uns zum Haus der Mormonen, übergab ihnen ihr Geld und sagte: »Diese beiden Jungen möchten sich entschuldigen und die dreitausend Pfund zurückgeben, die sie Ihnen gestohlen haben.«

Die Heiligen sahen sich an.

»Sie vermissen doch dreitausend Pfund?«

Die Heiligen zögerten.

Sie hätten mit Nein antworten müssen und einer von ihnen schien es gerade tun zu wollen, als Dad sagte: »Ist schon gut. Sie haben alles zugegeben.«

»Oh. Na, dann ja. Und danke«, sagte Eli.

»Sie haben den Verlust ja gar nicht gemeldet«, sagte der Polizist.

»Ja. Sie wissen schon«, erwiderte Eli, »all diese weltlichen Dinge und dergleichen, denk ich mal.«

Anthonys Augenbrauen hoben sich.

»Mich würde interessieren, wie Sie dazu kamen, so viel Bargeld im Haus zu haben«, sagte der Polizist.

»Es war eine Spende. Eine anonyme Spende.«

»Waren Sie denn nicht misstrauisch, woher die Spende stammen könnte?«

»Nein. Warum auch? Wir beten ja sehr viel. Wir hielten es für eine Antwort auf unsere Gebete.«

»Wie interessant. Es wird nur so darüber geredet, dass Sie vor ein paar Tagen bei Comet 7000 Pfund in bar bezahlt haben.« Er zog ein Bündel Quittungen hervor und las: »Plasmabildschirm-Heimkino, Geschirrspüler, Mikrowelle, Fußbadewanne ... haben Sie speziell für diese Dinge gebetet?«

»Wir haben um Trost und Unterstützung gebeten. Ich meine, wir fühlten uns getröstet und unterstützt.«

»Durch den Geschirrspüler?«

»Und die Fußbadewanne.«

Letztendlich bestätigten die Heiligen der Letzten

Tage also Anthonys Geschichte. Lügner haben zwar keinen Schutzheiligen, aber sie scheinen hervorragend zusammenzuarbeiten.

Auf den Nachhauseweg flogen eine Menge Zebrafinken direkt an meiner Nase vorbei. Das richtige Wort für eine Menge Zebrafinken ist Schwarm. Ein Schwarm Zebrafinken. Dad hatte mal so eine richtige Sammelbegriff-Phase. Zum Beispiel sind Gänse am Boden eine Gänseherde, aber im Flug ist es ein Gänsezug. Und bei Wildschweinen sagt man Rotte.

Ich versuchte Anthony zu erklären, dass wir in dieser Angelegenheit den irdischen Tumulten auf wundersame Weise entronnen waren.

Er hatte eine andere Theorie: »Das liegt an ihnen. Denk doch mal nach. Wir gehen dahin, geben ihnen einen Haufen Geld und sagen, wir hätten es ihnen geklaut. Sie wissen, dass es nicht stimmt, nehmen es aber trotzdem. Das ist doch unehrenhaft. Das sind Gauner. Das ist das eine. Zweitens haben sie ein Haus direkt an der Bahnlinie, genau da, wo das Geld abgeworfen werden sollte. Ist das ein Zufall? Oder gibt's einen anderen Grund?«

»Dad hat doch auch ein Haus an der Bahnlinie gekauft. Und alle anderen hier in der Straße auch.«

»Dad ist aber nicht so wie drei Typen, die alle die gleichen Hemden tragen und einen erfundenen Akzent sprechen, oder? Dad ist kein Gauner. Aber die sind es, wie wir festgestellt haben, und sie sitzen genau an der richtigen Stelle. Und ... und ... sie haben auch diese Kamera aufgestellt. Warum?«

»Um die Einbrecher im Auge zu haben.«

»Vielleicht. Oder vielleicht uns.«

»Warum sollten sie uns im Auge haben wollen?«

»Sie wissen, dass jemand hier in der Nähe das Geld hat, und sie wollen rausfinden, wer. Das ist die Bande, die das Geld gestohlen hat, und nun versuchen sie, die verlorene Tasche zurückzukriegen, ist doch völlig klar.«

»Bist du sicher, dass es völlig klar ist?«

»Und nun wissen sie, dass wir es haben.«

»Woher denn?«

»Weil wir ihnen gerade dreitausend Pfund gegeben haben. Daher. Sie wissen, dass wir es sind. Dass wir massenweise Geld haben, das wir nicht haben dürften. Und deswegen sind sie jetzt hinter uns her.«

»Im Jahr 1857 haben die Mormonen unter der Leitung von John Doyle Lee 137 arme Einwanderer massakriert, die ihren Grund und Boden betreten hatten, du solltest dich also lieber nicht mit ihnen anlegen.«

»Das ist doch genau der Punkt. Es sind keine Mormonen. Es sind Räuber, die sich tarnen.«

»Ob nun Räuber oder Mormonen. Beide sind gefährlich. Können wir ihnen das Geld nicht einfach geben?«

»Dann wüssten sie, dass wir zu viel wissen. Wir müssen es irgendwo verstecken, wo sie es nicht finden, und dann so tun, als wüssten wir von nichts.«

»Und wo?«

Die Antwort lag auf der Hand. In einer Bank.

Am nächsten Morgen stiegen wir, anstatt zur Schule zu gehen, in den Bus nach Widnes. »Kein Unterricht heute?«, fragte der Busfahrer misstrauisch.

»Zum Zahnarzt«, antwortete Anthony, riss den Mund sperrangelweit auf und deutete auf seinen Backenzahn. »Gucken Sie mal!«

»Nein, danke«, sagte der Busfahrer. »Ich hab selbst genug Probleme.«

Inzwischen schwänzten wir also die Schule und logen in aller Öffentlichkeit, nur wegen des Geldes.

Bis zur Euroeinführung waren es noch fünf Tage. In allen Banken drängelten sich die Menschen mit Tragetaschen, Schachteln, Socken und Gefrierbeuteln, allesamt voll gestopft mit Kleingeld, das in Euro umgetauscht werden sollte. Die Kassierer schütteten die Münzen in automatische Waagen und dann in große Tonnen unter den Schaltern. Es hörte sich an, als säße man in einer großen Büchse, während draußen ein Hagelsturm tobte. Die Bankangestellten trugen orangefarbene Ohrenschützer mit Eurozeichen drauf, um den Lärm zu dämpfen. Wir brauchten eine halbe Stunde, um uns bis zum Schalter vorzuarbeiten.

»Wir wollen ein Konto eröffnen«, sagte Anthony.

»Was?«, fragte die Dame mit den orangefarbenen Ohrenschützern. Anthony deutete auf seine Ohren und sie nahm die Schützer ab.

»Wir wollen ein Konto eröffnen.«

»Okay. Ist eure Mutter dabei? Oder euer Vater?«

»Nein.«

»Ich brauche aber unbedingt die Unterschrift eines Erwachsenen. Und irgendeinen Ausweis.«

Daran hatte Anthony offenbar gedacht. Er gab ihr seinen Freizeitausweis vom Schwimmbad. Darauf waren sein Foto und seine Adresse, aber das reichte nicht. »Ihr müsst wirklich eure Mutter bitten herzukommen.«

»Können wir nicht«, sagte Anthony und sah der Dame tief in die Augen. »Sie ist tot.«

Sie schaute ihn an. Sie schaute mich an. Ich versuchte, nicht zu traurig auszusehen, um nicht zu Anthonys Verfehlungen beizutragen. Andererseits fiel es mir echt schwer, glücklich auszusehen. Die Dame tat, was alle anderen auch taten, wenn wir unsere Mutter erwähnten – sie schenkte uns was. Eine Sparbüchse in Euroform und zwei Euro.

Wir mussten die Tasche mit dem Geld wieder nach draußen schleifen. Sie war schwer und wir hatten Angst um sie. Und das war genau der Punkt. Wir hatten gedacht, dass das Geld schon alles für uns regeln würde, und nun mussten wir alles für das Geld regeln.

Wir machten uns dauernd Sorgen, versteckten es nachts, guckten nach, ob es noch da war. Es war wie ein großes Baby. Und nun schleppten wir es in einer Babytragetasche durch das Einkaufsviertel.

»Ich hab's dir doch gesagt: Wir hätten ein Haus kaufen sollen!«, sagte Anthony.

Wir schleppten es bis zu Toys R Us, dem Warenhaus für Spielzeug. Wenn Anthony das Geld schon nicht verstecken konnte, wollte er es wenigstens ausgeben.

Wir legten das Geld in einen Einkaufswagen und schoben ihn den ersten Gang entlang. Am vorderen Ende gab es Barbies, also bremsten wir nicht mal ab. Am hinteren Ende gab es Action Man. Anthony war begeistert.

»Eine Puppe, die bloß anders heißt«, sagte ich.

»Was?«

»Action Man ist eine Puppe.«

»Jetzt fang nicht wieder *damit* an!«

»Er ist im selben Gang wie Barbie. Gibt dir das nicht zu denken? Guck, man kann Klamotten für ihn kaufen, genau wie für Barbie. Und kleine Taschen.«

»Das ist keine Tasche, sondern ein Werkzeugkasten.«

»Okay, dann kauf ihn.«

»Ich brauch keinen.«

Wir ließen den Action-Man-Gang hinter uns und gingen weiter zu den Gameboys. Dort stapelten sich Kartons über Kartons, fett bedruckt mit knallbunten

Monstern und Frauen mit hervorquellenden Augen und gezückten Waffen. Ich hatte noch nie so viele Ausrufezeichen gesehen.

Anthony guckte und guckte und guckte. »Wir können alles haben, was wir wollen«, sagte er. »Jedes. Oder alle.« Und dann sagte er: »Aber wir wollen keins.« Er schob weiter bis zu den Waffen. Es gab alles: Gewehre und Pistolen, Laser, Handgranaten, Messer, Speere, und mega-angesagt waren zurzeit gerade Minenwerfer. »Wenn die echt wären, würd ich sie nehmen«, sagte Anthony und lief weiter. Er kriegte so langsam die Panik und wurde hektisch. »Wir sind deprimiert. Es muss doch irgendwas geben, was uns wieder aufmuntert.«

Nun kamen wir in einen Gang, wo es nichts anderes gab als Brotdosen. Ein anderer Gang war voll gestopft mit Gelstiften, alle mit verschiedenen Fruchtdüften. Man konnte über hundert davon sammeln. Es gab auch Plastikpudel zum Sammeln, mit verschiedenen Haarfarben und Frisuren, jeder mit seiner eigenen Geburtsurkunde.

Dann entdeckte Anthony etwas, das er genial fand. Eine Burg in Form eines riesigen Totenschädels. Die Augen ließen sich öffnen und schließen und wenn sie aufklappten, schossen Krieger auf fliegenden schwarzen Pferden aus ihnen hervor. »Das hier, das ist genial«, sagte er. »Sieh dir das an. Das müssen wir haben.« Es kostete € 166,99.

Auf dem Rasen neben dem Parkplatz rissen wir die Packung gierig auf. Die Burg war kleiner, als sie auf der Verpackung aussah, und sie war aus brüchigem grauem Plastik. Wenn man die fliegenden Krieger abschoss, fielen sie fast immer durch die Nasenlöcher des Totenschädels. Außer wenn man richtig heftig drückte, aber da sprang die Feder raus. Ich versuchte sie wieder zu reparieren und schnitt mir dabei in den Finger.

»Die Welt ist Schrott«, sagte Anthony. »Wir könnten alles haben, aber alles ist Schrott.«

Auf dem Nachhauseweg warfen wir die Burg in die nächste Mülltonne, gingen in den größten Telefonladen und kauften zwei Videohandys plus Telefonkarten im Wert von je € 200. Mein Klingelton war die Filmmelodie von *Harry Potter.* Es war zwar toll, das Gesicht des anderen auf dem Bildschirm sehen zu können, aber wir wussten beide nicht, was wir sagen sollten.

Als wir nach Hause kamen, stand etwas unten an der Treppe. Es war die sprechende Tonne. »Hallo, Damian, hallo, Anthony«, sagte sie. »Meine Güte, habt ihr eine große Tasche!«

13

Anthony versuchte die Tasche hinter seinem Rücken zu verstecken, was ungefähr so war, als ob er versucht hätte, eine Schule hinter seinem Rücken zu verstecken. Nämlich einfach unmöglich. Und außerdem hatte es auch gar keinen Sinn, weil die Tonne ja nichts sehen konnte. Es war nicht sie, die uns beobachtete. Aber ich wusste, wer es war. Die schicke Dame aus der Schule. Als ich sie ansah, hob sie ihre Hand und winkte – nur mit ihrem kleinen Finger. Ich habe früher und auch seither sonst niemanden gesehen, der das tut. Es ist einzigartig. »Hallo, Damian«, sagte sie.

»Hallo, Tonne«, erwiderte ich.

»Ist das wirklich eure Schultasche? Ihr hebt euch noch einen Bruch«, sagte die schicke Dame.

Anthony war ausnahmsweise vollkommen sprachlos. Glücklicherweise deutete sie sein Schweigen als Frage. »Der Lautsprecher von meiner Tonne war kaputt«, erklärte sie. »Euer Dad hat mir angeboten, ihn zu reparieren.«

»Na dann ist er jetzt ja wieder ganz«, sagte Anthony und hielt ihr die Tür auf, als hätte sie vorgehabt zu gehen.

»Übrigens heiße ich Dorothy«, sagte Dorothy. »Und es stimmt, euer Vater hat das wirklich gut hingekriegt.«

Sie nahm ihren Mantel vom Garderobenhaken. Dad kam aus der Küche, immer noch den Schraubenzieher in der Hand. »Oh, willst du nicht noch bleiben und eine Tasse Tee trinken?«

»Na ja, eine kleine vielleicht.«

Sie folgte ihm in die Küche und warf dabei einen Blick zurück zu Anthony, der finster dreinblickte und dann die Tasche die Treppe hinaufzerrte.

In der Küche setzte Dad den Kessel auf und holte einen Beutel mit Hackfleisch aus dem Kühlschrank.

»Soll ich nicht irgendwas schneiden oder schälen, bis das Wasser kocht?«, fragte Dorothy.

»Nicht nötig. Wirklich, wir kommen schon klar«, sagte Dad.

»Ich hab mich wochenlang von Dosennudeln ernährt. Ein bisschen schnippeln würde mir Spaß machen.«

Dad reichte ihr eine Zwiebel und ein scharfes Messer rüber. Sie schnitt die Zwiebel in der Mitte durch und gab mir die eine Hälfte. »Mach's mir einfach nach«, sagte sie. Sie drehte ihre Hälfte um, so dass sie aussah wie ein Iglu, schnitt sie in der Mitte durch und schaute mich an. Ich tat dasselbe. »Gut«, sagte sie. Dann schnitt sie sie wieder durch, dreimal. Ich genauso. »Gut, gut, gut«, sagte sie. Dann schnitt sie die Zwiebel in Hunderte winziger Stückchen und wiederholte dabei »Gut, gut, gut, gut, gut, gut …« und ich tat dasselbe, bis wir völlig außer Atem waren.

»Topf?«, fragte sie und sah Dad an.

»Der Tee ist fertig«, sagte er. »Lass uns doch rüber …«

Aber sie hatte den Topf bereits entdeckt, tat ein wenig Öl hinein, erhitzte es, und gemeinsam ließen wir händeweise die Zwiebelstückchen hineinfallen. Dorothy reichte mir den Holzkochlöffel und sagte: »Hier, immer mal umrühren.« Vor unserem Umzug war ich immer fürs Rühren zuständig gewesen. Zum Beispiel in der Phase, als alle ganz wild auf Haferbrei waren. Und wenn wir Wackelpudding machten, rührte ich die Eiswürfel so lange im heißen Wasser, bis sie sich auflösten. Ich hatte also Rührerfahrung.

Dorothy trank ihren Tee und sagte: »Das war sehr nett. Aber ich denke, ich sollte jetzt wirklich gehen.«

»Und ich denke, du solltest jetzt wirklich bleiben«, sagte Dad. »Du hast doch praktisch das Essen gekocht.«

»Nein, trotzdem vielen Dank«, sagte Dorothy. »Es sei denn, du hast ein paar Dosen Tomaten da.«

Dad wirkte verdutzt, aber er hatte tatsächlich welche da. Dorothy tat das Hackfleisch zu den Zwiebeln und leerte die Tomatendosen darüber. Dann verlangte sie einen zweiten Topf. Es dauerte Ewigkeiten einen zu finden, denn wir benutzten immer nur den einen, und das bloß, um Bohnen warm zu machen. Schließlich fand Dad ein ganzes Topfset, alle ineinander gestapelt. Er holte sie alle heraus, stellte sie auf die Seite und verkündete: »Es ist für uns nun an der Zeit, dieses Multi-Topfset in unserem Leben herzlich willkommen zu heißen!«

Als Nächstes wollte sie Milch, dann eine Auflaufform, dann Käse, eine Käsereibe, dann Pasta …

»Pasta? Ich bin mir nicht sicher, ob … Was genau machen wir hier eigentlich?«, fragte Dad.

Wie sich herausstellte, machte sie eine Lasagne, richtig selber. Ich hatte keine Ahnung, dass es so kompliziert war. Man kann nicht einfach weggehen und fernsehen, während der Ofen warm wird. Der Fleischanteil ist eine Soße, die aus Hackfleisch, Dosentomaten und Kräutern besteht, und man muss sie lange brodeln lassen, damit sie einkocht. Man könnte sie auch einfach mit Mehl andicken, aber durch das Einkochen wird der Geschmack intensiver.

Das Weiße ist eine zweite Soße, bei der es total aufs Timing ankommt. Man macht eine Mehlschwitze und gießt dann ganz langsam, fast nur tropfenweise, die Milch dazu. Wenn man es nicht langsam macht, bilden sich Klümpchen. Und dabei muss man die ganze Zeit rühren. Also rührte ich in zwei Töpfen gleichzeitig, während Dorothy die Milch hineinträufelte und Dad den Käse rieb. Als es an der Tür läutete, stöhnte sie

»Ooooh, nein!«, aber dann hörten wir, dass Anthony ging, um aufzumachen. Das letzte bisschen Milch plätscherte in den Topf und ich verrührte es mit einer gleichmäßigen, stetigen Bewegung. Dad bröckelte den geriebenen Käse hinein und ich rührte weiter, bis alles geschmolzen war.

Dorothy kam, schaute mir über die Schulter und lachte. »Seht euch das an, kein einziger Klumpen. Die könnte man durch ein Sieb gießen. Oder aus einem Glas trinken.«

Als sie sich etwas weiter runterbeugte, konnte ich ihr Haar riechen. Es duftete irgendwie nach Orange. Dann hörten wir plötzlich Gesang. Anthony hatte Sternsingern die Tür geöffnet. Wir liefen hin und hörten zu. Es war eine Familie – eine Mutter, ein Vater, ein Junge und ein Mädchen. Das Mädchen war Tricia aus der Fünften. Sie winkte mir kurz, sang aber weiter.

Als sie »Stille Nacht« anstimmten, schloss Dad sich ihnen an. Er schloss sich wirklich nur an, denn er sang zwar dasselbe Lied, aber nicht in derselben Tonart.

Dorothy lachte und fragte: »Könnt ihr auch ›Ihr Kinderlein, kommet‹?«

»Sie singen nicht auf Bestellung«, sagte Anthony und wollte schon die Tür zumachen, aber Dorothy hielt ihn davon ab und gab ihnen zwei Euro.

Dann rannten wir zurück in die Küche und begannen damit, die Lasagne zusammenzusetzen. Man gießt erst Hackfleischsoße in die Auflaufform und deckt sie dann mit den Lasagnenudeln zu. Die Soße dringt durch die Ritzen zwischen den Nudeln wie rotes Moos. Als Nächstes gießt man den Rest der Fleischsoße drüber und darüber die Hälfte der weißen. Dann kommen wieder Nudeln drauf. Dann wird der Rest der weißen Soße drübergegossen und ganz obendrauf kommt ein bisschen geriebener Käse.

Anthony kam herein und fauchte: »Wieso ist die Küche denn so unordentlich?«

»Weil wir drin kochen«, sagte Dad.

»So sieht es aber nicht aus, wenn ich koche.«

»Du kochst auch nicht, du wärmst nur auf. Und wenn es dich so furchtbar stört, kannst du gern mit aufräumen, solange die Lasagne noch im Ofen ist.«

Sogar Anthonys Augen begannen ein wenig zu leuchten, als er hörte, dass es Lasagne gab.

Ich spülte die Töpfe. Ein wunderbarer, köstlicher Duft verbreitete sich in der ganzen Küche. Aus dem Ofen hörte man, wie der Käse beim Überbacken zu zischen und zu pfeifen begann.

»Pasta kommt doch aus Italien, oder?«, fragte ich. »Hätte der heilige Franziskus so was auch gekocht?«

»Nein«, sagte Dad, »er stammte aus Norditalien. Im Norden isst man Reis – Risotto und so was. Pasta isst man im Süden. Außerdem gab es sie in Europa erst seit 1295, als Marco Polo sie aus China mitbrachte. Eigentlich sind Teigwaren eine chinesische Erfindung. Es sind Designernudeln.«

»So ein Unsinn«, sagte Dorothy. »Wie können Nudeln denn von Leuten erfunden worden sein, die keine Gabeln benutzen?«

Und Dad redete gleich weiter über Gabeln und dass der Erste, der sie nach England mitbrachte, ein Mann namens Thomas à Becket gewesen sei.

»Thomas à Becket (1118–1170), Erzbischof von Canterbury, starb als Märtyrer im Altarraum seiner Kathedrale.«

»Wie seid ihr zwei denn drauf? Ihr seid ja ein richtiges Quizteam, wie im Pub.«

Was etwas war, worüber ich nie nachgedacht hatte – dass ich eines Tages alt genug sein würde, um mit Dad zusammen in den Pub zu gehen und im selben Quizteam zu sein.

»Ich weiß nur über Heilige Bescheid«, sagte ich. »Dorothea von Kappadokkien starb im Jahre 304, stimmt's?«

Dorothy meinte, ich hätte sicher Recht. Ich erzählte ihr die ganze Geschichte, wie sie hingerichtet werden sollte und dass ihr Gefängniswärter sie auslachte, als sie sagte, sie würde in den Himmel kommen. »Schick mir Blumen, wenn du ankommst«, sagte er. Und als er nach Hause kam, war sein Schlafzimmer voller Rosen.

»Warum wurde sie hingerichtet?«

»Sie war eine jungfräuliche Märtyrerin.«

»Oh. Ach so.«

»Was genau ist eine jungfräuliche Märtyrerin?«

»O Gott, die Lasagne!«, rief sie.

Wir holten sie aus dem Ofen. Sie sah kein bisschen so aus wie die tiefgekühlten. Sie blubberte und quietschte, als wäre sie lebendig, und über der Käsesoße hatte sich eine dicke, knusprige Kruste gebildet. Als wir sie durchbrachen, stieg aus ihren tiefsten Tiefen eine große, nach Hackfleisch duftende Dampfwolke in die Luft, wie ein Gebet.

Und in diesem Augenblick erklärte Dad uns endlich und ganz unerwartet, was eine Schwebebrücke war. Nämlich so etwas wie ein Käfig, in den man mit seinem Wagen hineinfuhr, und dann trug ein Kran ihn über den Fluss. Ich sagte nichts, aber ich bewahrte mir diesen Moment in meinem Herzen. Dads Allgemeinwissen war mit aller Macht zurückgekehrt.

»Es muss fantastisch gewesen sein«, sagte Dorothy. »Als würde man in seinem eigenen Auto fliegen. Ich finde, sie sollten sie wieder einführen.«

»Benutzt du zufällig getönte Feuchtigkeitscreme?«, erkundigte ich mich.

»Damian!«, rief Dad.

»Lass ihn doch. Wer nicht fragt, bleibt dumm. Das tue ich tatsächlich. Man braucht eine ganze Menge Selbstvertrauen, um loszuziehen und das zu tun, was ich tue. Nicht in eurer Schule. Eure Schule ist wunderbar. Aber bei den älteren Schülern ... Da ist es gut, so was wie eine Maske zu haben, wisst ihr. Ganz schön clever von dir, dass du es bemerkt hast.«

Als wir alle mit dem Essen fertig waren, schaute Dorothy auf ihre Uhr und sagte: »Ich bin viel später dran als geplant. Aber ich kann nicht gehen, ohne euch noch schnell beim Abwasch zu helfen.«

»Nein, nein«, sagte Anthony, »der Abwasch macht uns gar nichts aus. Das tun wir ja jeden Abend. Wenn Sie gehen müssen, dann …«

»Anthony!«, unterbrach ihn Dad.

»Was ist?«

Dad sah ihn einen Moment lang prüfend an, dann sagte er: »Was ist eigentlich in deiner Schultasche? Das können doch unmöglich alles Hausaufgaben sein.«

Es hätte ein gefährlicher Moment werden können, aber Anthony hatte inzwischen Zeit gehabt nachzudenken. »So eine Art Hausaufgabe. Es sind Kostüme. Für das Krippenspiel.«

Dorothys Gesicht begann zu strahlen wie eine Christbaumkugel. »Ein Krippenspiel!«, sagte sie. »Ich habe schon seit Ewigkeiten kein Krippenspiel mehr gesehen. Wen spielt ihr denn? Die Könige? Lässt du uns nicht mal einen Blick reinwerfen? Na komm, hol sie doch her. Mach uns die Freude.«

»Nein.«

Ihr Strahlen erlosch.

Anthony zuckte mit den Schultern. »Dann wäre es ja keine Überraschung mehr.«

Ihr Strahlen kehrte zurück. »Überraschung? Heißt das, dass du mich zur Vorstellung einlädst?«

Anthony sah aus, als wäre er in eine Fußangel getappt. »Na ja, ich weiß nicht«, sagte er, »eigentlich ist es nur für …«

»Ich liebe Krippenspiele. Ich hab schon seit Jahren keins mehr gesehen. Ich werde da sein. Versprochen. Das heißt, wenn ihr einverstanden seid.«

»Ich höre das auch zum ersten Mal«, sagte Dad. »Mir sagt ja nie jemand was.«

Anthony sah richtig wütend aus. Er begann den Tisch abzuräumen. Als wir schließlich mit dem Abwasch fertig waren, fing gerade *Wer wird Millionär?* an, was wir immer gucken durften. Dad mochte die Sendung früher sehr, aber inzwischen guckt er sie gar nicht mehr. An diesem Abend jedenfalls setzte er sich an das eine Sofaende, Dorothy ans andere, und ich saß in der Mitte.

Die erste Kandidatin schaute sich die 32000-Euro-Frage an und wollte lieber aufhören, obwohl Dad die richtige Antwort auf den Bildschirm brüllte.

»Dir ist doch hoffentlich klar, dass das eine Aufzeichnung ist«, sagte Dorothy. »Der armen Frau ist nicht mehr zu helfen.«

Der nächste Kandidat war ein Finanzberater aus Bradford mit ungewöhnlich langen Haaren. Enttäuschenderweise beantwortete Dorothy die 1000-Euro-Frage falsch. Ich wiederhole es besser nicht, es wäre zu peinlich. »Wenn ihr mich fragt, wird Wissen einfach überbewertet«, sagte sie.

Die 32000-Euro-Frage lautete:

Wo wurde Dick Turpin, genannt der »König der Straße«, im Jahre 1739 gehängt?

a) London

b) York

c) Edinburgh

d) Glasgow

Der Finanzberater wählte den 50/50-Joker, was Dad echt auf die Palme brachte, weil doch wirklich jeder weiß, dass der berühmte Straßenräuber und Pferdedieb in York gehängt wurde. Dorothy meinte, das wüsste sogar sie. Schließlich entschied sich auch der Finanzberater für diese Lösung und rückte auf die 64000-Euro-Frage vor, welche lautete:

Nach welcher Katharina wurde das Feuerrad benannt?

a) Katharina von Aragonien

b) Katharina von Alexandria

c) Katharina die Große

d) Katharina von Medici

»Ich weiß es, ich weiß es!«, rief ich.

»Wie kann man so etwas wissen? Wie kann irgendjemand so etwas wissen?«, fragte Dorothy und drehte sich zu Dad. »Weißt du es?«

»Ich denke, ich würde jemanden anrufen, und mein Telefonjoker wäre dieser kleine Mann hier!« Er legte seinen Arm um mich.

»Katharina von Alexandria (4. Jahrhundert), historisch umstritten, auch eine jungfräuliche Märtyrerin und die Schutzpatronin der Stadt Dunstable in Bedfordshire.«

Der Finanzberater wusste es ebenfalls. Damit erreichte er die 125 000-Euro-Frage, welche lautete:

Wer war die erste Person, die James Bond verkörperte?

a) Sean Connery
b) David Niven
c) Roger Moore
d) Robert Holderness

Der Mann im Fernsehen versuchte es mit der Ausschlussmethode. Er wusste, dass David Niven in *Casino Royale* mitgespielt hatte, aber er war sich nicht sicher, ob *Casino Royale* der erste James-Bond-Film gewesen war. Dad regte sich auf: »Das ist beim Pub-Quiz eine Standardfrage …«

Die Aufmerksamkeit des Kandidaten fiel auf den letzten Namen. »Bob Holderness«, sagte er. »Oh. Der war's. Es lief im Radio. Bevor der Film gedreht wurde, kam es zuerst im Radio und er spielte den Bond. Ich nehme Antwort d).«

»Danke«, seufzte Dad.

Antwort d) bescherte dem Kandidaten die 500 000-Euro-Frage, welche lautete:

Wie viele Zeilen hat ein Clerihew? Sind es:

a) vier
b) sieben
c) fünf
d) vierzehn

Dad wusste, dass es weder vierzehn (wie bei einem Sonett) noch fünf (wie bei einem Limerick) waren, also hätte er diese beiden ausgeschlossen, dann den 50/50-Joker genommen und gehofft, dass eins von beiden übrig blieb, woraus er die richtige Antwort hätte schließen können.

Der Kandidat zuckte bloß mit den Schultern und sagte: »Es war ein netter Abend, vielen Dank. Ich nehm lieber das Geld und höre auf.«

»Das ist genau das Problem in dieser Show!«, schimpfte Anthony. »Die Leute kapieren einfach nicht, dass man spekulieren muss, um Gewinn zu machen.«

»Er hätte es wirklich probieren können«, stöhnte Dad. »Schließlich hatte er noch einen Joker übrig.«

»Warum bewirbst du dich nicht selber?«, fragte Dorothy. »Du wärst viel weniger frustriert, wenn du mitmachen würdest. Und nicht nur weniger frustriert, sondern auch reicher. Du würdest bestimmt Millionär. Dann hättest du eine Million Pfund.«

Anthony wies darauf hin, dass es ja inzwischen eine Million Euro wären statt eine Million Pfund, deswegen wäre der Betrag nun nicht mehr ganz so viel wert. Dorothy sagte, mit diesem Verlust würde sie schon irgendwie klarkommen.

»Aber du würdest ja eh alles den Wasserleuten geben, stimmt's?«, fragte ich.

»Ich? Leider nicht, sei mir nicht böse. Ich arbeite gar nicht wirklich für Water Aid, sondern für eine Agentur. Wir sammeln für jeden, der es bezahlt – Natur- und Denkmalschutz im Sommer, Obdachlose zu Weihnachten, was gerade anliegt. Wenn ich eine Million gewinnen würde, würde ich sie auf die Bank bringen und nie wieder mit einer Spendendose klappern.«

Diese unerwartete Wendung der Ereignisse überraschte und enttäuschte mich und ich hätte etwas erwidert, wenn Dad nicht gesagt hätte: »Ich hätte keine Lust, Millionär zu sein. Die Hälfte würde mir schon reichen. Dann würde ich die Hypothek abbezahlen, aufhören diese Überstunden zu machen, nur um über die Runden zu kommen, ein bisschen mehr Zeit mit meinen Jungs verbringen, ein schöner Urlaub vielleicht. Und den Rest würd ich verschenken.«

Mir wurde klar, dass Dad einen hervorragenden Millionär abgegeben hätte, einen viel besseren als wir, und dass er da saß und sich wünschte reich zu sein, während sein Haus bereits vor Geld aus allen Nähten platzte. Und plötzlich verspürte ich eine unbändige Lust ihm alles zu erzählen. Aber da stand Anthony auf und sagte: »Nach *Wer wird Millionär?* gehen wir immer ins Bett.«

»Na dann ab«, sagte Dad.

»Und du liest uns immer eine Geschichte vor.«

»Ich muss los«, sagte Dorothy. »Ich hatte einen schönen Abend, aber …«

»… *dieser* war es nicht!«, sagten sie und Dad wie aus einem Mund. Und beide fingen an zu lachen.

Auf dem Weg nach draußen holte sie die Tonne und ihren Mantel. Dahinter kam ein großes Modell aus Cornflakesschachteln zum Vorschein. »Meine Güte, echt beeindruckend«, sagte sie.

Anthony zuckte mit den Achseln. »Tracy Island. Ich hab einen Preis dafür gewonnen.«

»Das überrascht mich nicht.«

Ich war verblüfft. Mir war völlig schleierhaft, wie es dort hinkam. Es war, als ob er das Lügen so perfekt beherrschte, dass sogar die Cornflakesschachteln ihm glaubten.

Ich lief zum Fenster von Anthonys Zimmer, um zu gucken, wie Dad und Dorothy sich verabschiedeten. Anthony lag auf seinem Bett. »Komm her und sieh dir das an«, sagte ich. Dad hielt ihr die Wagentür auf.

»Keine Lust.«

»Komm schon. Sie ist doch gut.«

»Ist sie nicht.«

»Die Lasagne war gut.«

»Nein, war sie nicht. Die Lasagne von Mum war gut. Diese Lasagne war Mist. Es war nicht mal Mais drin.«

Es hat keinen Sinn, mit ihm zu diskutieren, wenn er so drauf ist, also lauschte ich einfach, wie sie den Motor anließ. Ich hörte, wie Dad aufs Wagendach klopfte, als sie losfuhr. Sie hupte kurz. Ich wollte gerade ins Bett, da fauchte Anthony mich an: »Warum immer nur ich? Warum überlässt du immer alles mir?«

»Wie bitte?«

»Du hast das Geld doch gefunden, warum tust du denn nie was?«

»Wovon redest du überhaupt?«

»Gleich als wir reinkamen, fing sie an die Tasche anzustarren. Einfach zu starren, wie ein Röntgenapparat. Und was machst du?«

»Ich hab guten Tag gesagt.«

»Gar nichts hast du gesagt. Ich war's, der geredet hat. Und ich musste mir diese Sache mit dem Krippenspiel ausdenken und dann sagt sie auch noch, sie muss hinkommen und es sich anschauen!«

»Das wird doch bestimmt nett.«

»Damian, wir machen gar nicht mit beim Krippenspiel, schon vergessen?«

»Oh, stimmt.«

»Und sie wusste, dass wir lügen. Und wer musste sich die Lüge ausdenken? Ich. Und wer muss jetzt dafür sorgen, dass wir beim Krippenspiel mitmachen? Ich. Und wer ist raufgegangen und hat das Geld im Subbuteospiel versteckt?«

»Du etwa?«

»Ja, ich. Und was ist dann passiert? Es war jemand an der Tür. Bist du hingegangen? Nein, ich. Und wer stand draußen?«

»Die Sternsinger.«

»Von wegen. Es war Tricia mit dem Tracy-Island-Modell.«

»Ich hab mich schon gewundert, wo das so plötzlich herkam.«

»Und ihr Vater und ihre Mutter und ihr Bruder, und sie hatte ihnen von dem Geld erzählt. Und ich sollte ihnen was geben.«

»Wieso?«

»Er meinte, die Steuer würde ihm das Geschäft ruinieren, wenn er bis morgen nicht dreitausend Pfund auftreiben könnte und ob ich ihm nicht dreitausend geben könnte.«

»Und? Hast du?«

»Wenn ich's ihm gegeben hätte, hätte er doch gewusst, dass diese Sache mit dem Geld wirklich stimmt, und was wäre dann? Menschenmassen, die Tag und Nacht bei uns an die Tür bummern und dreitausend Pfund wollen!«

»Also hast du nein gesagt.«

»Konnte ich ja nicht. Weil *sie* gerade aus der Küche kam. Ich musste die vier irgendwie loswerden. Also sagte ich, dass ich ihnen das Geld gebe, wenn sie so tun, als wären sie Sternsinger. Ich hab ihnen dreitausend gegeben. Und sie zwei Euro!«

»Aber immerhin muss er jetzt nicht sein Geschäft schließen, das ist doch gut.«

»Es ist gar nicht gut, Damian. Nichts davon ist gut. Hast du mal darüber nachgedacht? Jeder weiß, dass wir Geld haben, richtig? Also wird sich bald jeder fragen, wo es eigentlich herkommt. Und dann wird sich die Polizei einschalten. Hast du daran mal gedacht?«

»Nein, hab ich nicht.«

»Ich aber zum Glück. Ich hab allen erzählt, wir haben es beim Rubbellos gewonnen.«

»Das ist doch gut.«

»Und sie, sie weiß genau Bescheid. Sie hat gewusst, dass es keine Sternsinger sind. Und dann dieser ganze Zirkus mit: *Könnt ihr auch ›Ihr Kinderlein, kommet‹?* Deswegen habe ich gesagt, dass sie nicht auf Bestellung singen, und wollte die Tür zumachen ...«

Ich merkte, dass er fertig war und nicht mehr weiterwusste. »Du bist einfach schlauer als ich, das ist es. Du bist einfach schlauer ...«

Plötzlich war das Zimmer erfüllt von kaltem, blauem Licht. Ich dachte, es wäre vielleicht eine Vision, deswegen tat ich, als ob ich nichts bemerkt hätte. Aber Anthony sah es auch. »Guck mal, die Bullen«, sagte er.

Unten auf der Straße standen zwei Streifenwagen. Auf ihren Wagendächern prangten große schwarze Nummern, auf dem einen eine 9 und auf dem anderen eine 23. Anthony meinte, die würden gebraucht, um jeden Wagen vom Polizeihubschrauber aus identifizieren zu können.

Dad kam herein. »Es ist was gestohlen worden«, sagte er.

»Waren wir es?«, stieß ich hervor.

Er sah mich verdutzt an. »Wieso denn wir? Nun werd nicht albern.« Er wuschelte mir durchs Haar, während Anthony mir diskret gegen das Schienbein trat.

»Moment mal«, sagte Dad.

Der Gemeindepolizist kam zu uns herüber. Dad ging runter und machte ihm die Tür auf. Wir lehnten uns über das Treppengeländer, um zu horchen. Bei den Mormonen war eingebrochen worden.

»So verzweifelt wie sie im Moment sind, wollte ich nichts sagen«, meinte der Polizist, »aber wir könnten alle eine Tasse Tee vertragen.«

»Oh. Natürlich«, sagte Dad.

»Und Toast, falls es keine Umstände macht.«

»Kein Problem.«

Anthony meinte, wir müssten uns runterschleichen und zu ihnen in die Küche.

»Wieso denn?«

»Weil wir sie nicht mehr hören, wenn dieser Wasserkessel erst mal loslegt.«

»Warum müssen wir sie denn hören?«

»Weil wir nicht blöd sind und informiert sein wollen, natürlich.«

Der Wasserkessel war wirklich unglaublich laut. Das war mir früher noch nie aufgefallen. »Ich denk mal, wenn um diese Jahreszeit schon ein Einbruch stattfinden musste, dann war's bei denen am besten«, sagte der Polizist gerade. »Die feiern ja gar nicht Weihnachten, glaube ich. Also ist die Enttäuschung für sie nicht ganz so groß.«

»Ach so?«, sagte Dad. »Und sie hatten sich gerade all die neuen Sachen gekauft. Die Geschirrspülmaschine und all das. Ich nehme an, dass sie die ganzen Verpackungen draußen für die Müllabfuhr hingestellt haben und irgendjemand hat sie dabei beobachtet.«

»Das ist eine Möglichkeit. Andererseits ist der Geschirrspüler nicht gestohlen worden. Auch nicht der Fernseher oder der DVD-Player. Sehr ungewöhnlich. Die Einbrecher haben das ganze Haus auf den Kopf gestellt, aber offenbar haben sie nichts mitgenommen. Sie scheinen etwas zu suchen.«

»Und was?«

»Vielleicht ja Trost und Unterstützung von geistlicher Seite. Wie auch immer, dass sie in den sauren Apfel beißen mussten, erhöht statistisch gesehen die Wahrscheinlichkeit, dass es den Rest hier *nicht* erwischt. Das ist doch schon mal ein Trost. Zwei Stück Zucker für mich bitte, und wie viel der Kriminalbeamte nimmt, weiß ich gar nicht.«

Dad half ihm, den Tee zum Tatort hinauszutragen. Anthony wollte mit, aber Dad schickte uns zurück ins Bett.

»Na los«, sagte er. »Die Show ist vorbei. Ab mit euch.«

Anthony kam in mein Zimmer. »Hast du gehört, was er gesagt hat? Die Einbrecher suchen etwas. Dir ist doch wohl klar, was das ist? Das Geld. Die Leute, die den Zug überfallen haben, suchen ihr Geld, und sie wissen, dass es hier irgendwo ist. Sie haben mitgekriegt, dass diese Typen Unmengen an Zeug gekauft haben, und schlossen daraus, dass das Geld bei ihnen ist.«

»Gestern hast du noch gesagt, die Mormonen hätten den Zug selber überfallen.«

»Neue Beweislage, Damian. Bei ihnen ist gerade eingebrochen worden. Wie können sie denn den Zug überfallen haben, wenn bei ihnen gerade eingebrochen wurde?«

»Aber wer sind denn dann die Verbrecher?«

»Dorothy, ist doch klar!«

»Dorothy auf keinen Fall, ist doch klar.«

»Denk doch mal nach. Du wirfst ein paar tausend in ihre Tonne. Gibt sie es für einen guten Zweck? Nein, sie informiert den Rektor. Warum? Weil sie wissen will, wer es da reingetan hat. Nämlich du, du Idiot. Und als sie es dann weiß, geht sie etwa nach Hause? Nein, sie hängt in der Schule herum und schleimt sich an Dad ran. Warum? Damit sie rauskriegt, wo wir wohnen. Kurz darauf läuft sie schon bei uns durchs Haus, als wär es ihr's, und wurschtelt in unserer Küche herum und so. Warum? Damit sie uns ausspionieren kann und rauskriegt, wo das Geld ist. Du wirst schon sehen, als Nächstes wird bei den anderen Nachbarn eingebrochen.«

Ich merkte, dass Anthony sich nicht von seiner Idee abbringen lassen würde, aber ich merkte auch, dass er sich irrte. »Anthony, wenn sie weiß, dass *wir* das Geld haben, warum sollte sie dann bei den Mormonen einbrechen und nicht bei uns?«

»Keine Ahnung. Wahrscheinlich ein Fehler in der Kommunikation. Sie arbeitet ja schließlich nicht allein. Es ist eine große Organisation, ein ganzer Haufen von Leuten. Die sind überall und alle wissen Bescheid und sind hinter uns her. Und nicht nur die. Jeder, der von dem Geld erfährt, will was. Na ja, ist schon okay …« Er wirkte nicht okay. Er wirkte, als würde er gleich anfangen zu heulen. »Ich weiß, was wir tun. Wir verstecken es in deiner Höhle.«

»Es ist keine Höhle. Es ist eine Eremitage.«

»Egal. Wir verstecken es dort, und jeder nimmt sich einen Teil …«

»Und wenn jemand dort sucht?«

»Wer denn? Es weiß doch niemand was davon, oder?«

»Der Mann mit dem Glasauge.«

Anthony brauchte eine ganze Weile. »Der Mann mit dem Glasauge?«, wiederholte er schließlich.

»Er hat an dem Tag dort reingeguckt, als wir …« Ich hielt inne, denn er sah wirklich aus, als würde er jeden Moment in Tränen ausbrechen. »Anthony, lass uns Dad alles erzählen. Er hat wirklich gute Ideen, was man mit dem Geld tun könnte und …«

»Du kapierst echt gar nichts, was? Wir können niemandem vertrauen.«

»Aber ihm doch.«

»Väter und Mütter sind nicht anders. Gerade sind sie mal da, plötzlich sind sie wieder weg. Das müsstest du doch wissen. Wir müssen allein klarkommen, Damian, gewöhn dich dran.«

Als ich mir meine Antwort überlegt hatte, war er bereits ins Bett gegangen. Er lag zusammengerollt irgendwo unter seiner Decke und tat, als ob er schliefe.

14

Am nächsten Morgen schaufelte Anthony das ganze Geld aus der Subbuteoschachtel in unsere Schultaschen. »Wir werden es die ganze Zeit mit uns herumtragen müssen. Jeden Tag. Wenn wir es zu Hause lassen, wird es von Einbrechern geklaut oder diese Dorothy findet es. In deiner Höhle können wir es nicht verstecken. Zur Bank können wir es auch nicht bringen. Also müssen wir es immer bei uns haben. Oder vielleicht sollten wir uns krankschreiben lassen und lieber zu Hause bleiben?«

»Aber wir sind doch gar nicht krank.«

»Geht sowieso nicht. Heute werden nämlich die Rollen fürs Krippenspiel verteilt. Wir müssen welche ergattern, sonst fliegt alles auf.«

Also schnallten wir uns die Taschen mit dem Geld auf den Rücken. Mal rein metaphorisch betrachtet war das Geld zu einer Last geworden.

Draußen auf der Straße war jemand gerade dabei, ein Schild aufzustellen, auf dem stand: »Dieses Wohngebiet steht unter polizeilicher Beobachtung!« Dad meinte, ein solches Schild einen Tag nach einem Einbruch aufzustellen, hätte eine gewisse Ironie. Wir machten uns auf den Weg zur Schule.

IT-Terry stieg gerade in seinen Wagen. Er deutete auf das Schild und sagte: »Voll die Ironie, was? Lernt man das heutzutage immer noch in der Schule? Falls ihr mal ein Beispiel braucht: Das hier ist eins!«

»Okay, geht klar«, sagte Anthony und lief weiter.

Als wir über das Feld stapften, fragte ich ihn: »Und was ist, wenn wir nicht mitmachen dürfen? Ich meine, beim Krippenspiel?«

»Wir dürfen, mach dir keine Sorgen.«

In unserer alten Schule wollten immer alle beim Krippenspiel dabei sein, weil es hinterher für jeden eine eigene Party gab. An der Great Ditton war das anders, wie sich herausstellte. Als Mr Quinn hereinkam und verkündete: »Okay, unsere Klasse wird beim Krippenspiel die Maria, den Josef und die Hirten stellen. Wer möchte der Josef sein?«, hob ich sofort begeistert die Hand, wie jeder andere es normalerweise auch getan hätte. Aber als ich mich umschaute, war um mich herum kein Meer von Armen, sondern ich war allein auf weiter Flur. Kein einziger anderer Junge hatte sich gemeldet. Alle saßen bloß da und guckten mich an. Ich begriff überhaupt nichts mehr. Dann sah ich genauer hin und bemerkte, dass jeder unter seinem Tisch einen Zwanzigpfundschein in der Hand hielt. Anthony hatte sie allesamt bestochen.

Mr Quinn wirkte beunruhigt. »Sonst niemand?«

Ich ließ meine Hand oben.

»Niemand anders will den Josef spielen? Damian könnte einen der Hirten übernehmen, die Heiligen hängen ihm doch bestimmt schon zum Hals raus, was? Jake, was ist mit dir?«

»Kann ich nicht, Sir. Bin allergisch.«

»Allergisch? Gegen was?«

»Synthetik, Sir.«

Mr Quinn sah ihn verständnislos an.

»Wegen dem Bart.«

Ich reckte meine Hand weiter die ganze Zeit nach oben, also musste er mir die Rolle schließlich geben.

Es war interessant, das Kostüm auszuprobieren. Ich war immer bestrebt gewesen, es den Heiligen gleichzutun, aber mich so wie sie gekleidet hatte ich bislang noch nicht. Ich bekam Sandalen, einen Stab und einen schwarzen Bart.

Mr Quinn half mir beim Anprobieren. »Der heilige Josef hat doch nie irgendwas Seltsames getan, oder?«, sagte er. »Ich meine, hat er Milch geblutet oder levitiert oder so was Merkwürdiges?«

»Wenn man Heimsuchungen von Engeln merkwürdig findet, dann schon.«

Er sah mir prüfend in die Augen. »Schon gut, damit kann ich leben«, sagte er.

Anthony spielte einen der Könige. Seine Lehrerin

(Miss Nugent) hatte zu ihm gesagt: »Tja, es gibt drei: Melchior, Caspar und Balthasar. Welcher möchtest du sein?«

»Der mit dem Gold.«

Der mit dem Gold war übrigens Melchior.

Miss Nugent machte Anthony einen Goldklumpen aus einem Rockport-Schuhkarton, den sie in Goldfolie einwickelte. Den schleppte er die ganze Zeit mit sich herum. Er begann sich plötzlich für den historischen Aspekt der Weihnachtsgeschichte zu interessieren. Zum Beispiel sagte er: »Ist dir klar, was ein Goldklumpen dieser Größe heutzutage wert wäre? Eine ganze Menge. Eine riesige Menge. Das macht einen doch stutzig.«

»Wieso?«

»Na ja, er hatte so viel Geld und später, als Erwachsener, war er dann so arm. Seine Eltern müssen alles verpulvert haben. Die haben sich ein flottes Leben gemacht.«

Es gab eine große Kostümprobe, deswegen gingen wir nach der Schule nicht nach Hause. Wir aßen alle belegte Brote und warteten im Klassenraum, bis wir zur Maskenbildnerin gerufen wurden, nämlich zu Tricias Mutter. Es gab zwölf kleine Mädchen im Engelskostüm. Sie mussten draußen im Gang stehen und »Stille Nacht« und »Kleiner Esel« üben, bis sie auch wie echte Engel klangen. Miss Nugent versorgte sie die ganze

Zeit mit Orangensaft. Ich wusste, dass sie keine echten Engel waren, aber sie trugen trotzdem dazu bei, dass ich mich sicherer fühlte.

Tricias Mutter malte mir mit einem Augenbrauenstift Furchen ins Gesicht, damit ich älter wirkte, und machte mir mit Mehl die Haare grau. Dann war ich fertig.

Ich hatte über Google schon eine ganze Menge über den heiligen Josef rausgefunden. Miss Nugent fand das sehr hilfreich, glaube ich. Zum Beispiel, als ich an der Reihe war, an die Herbergstür zu klopfen, meinte sie: »Denk dran, Damian, erschöpft musst du sein. Der heilige Josef hat einen weiten Weg zurückgelegt. Also ist er sehr erschöpft.«

»Also, von Beruf war er ja Zimmermann, deswegen war er total fit. Und dieser lange Fußweg von Nazareth, na ja, die Leute hatten damals immer so lange Wege. Das war für die, wie wenn wir heute mit dem Bus fahren. Außerdem war es bei Maria fast so weit, deswegen hatten sie sich eigentlich nicht drauf eingestellt zu schlafen. Sie sind vielleicht gestresst, aber müde, das würde ich nicht unbedingt sagen.«

An der Art wie sie »Von mir aus« sagte und gleich zu den Heiligen Drei Königen überging, merkte man, wie beeindruckt sie war.

Als ich von der Bühne kam, meinte Tricias Mutter zu mir, der Bart säße zu eng. »Dein Ohr ist ja von dem Gummi ganz rot. Geh mal selber gucken.«

Ich ging auf die Jungstoilette und versuchte den Bart vor dem Spiegel ein bisschen zu lockern. Dort stand bereits ein anderer Mann mit schwarzem Bart und einem großen Holzstab.

»Heiliger Josef«, sagte ich. »Lebensdaten unbekannt.«

»Ich wollte dir nur sagen, dass du deine Sache gut machst.«

»Vielen Dank. Lass ich dich nicht zu gestresst klingen?«

»Nein, ich war ja gestresst. So wie du das spielst, fühl ich mich echt wieder genau wie damals.«

»Danke.«

»Möchtest du, dass ich euch bei der Geburt beistehe? Das lief damals nämlich ganz anders ab als heute.«

»Ich denke, wir überspringen diese Szene.«

»Na dann: Hals- und Beinbruch!«

Im Korridor traf ich Mr Quinn. »Was ist mit der Tasche, Damian?«, fragte er. »Die willst du doch hoffentlich nicht den ganzen Abend mit dir herumtragen?«

Ich hatte mich so an die Tasche gewöhnt, dass ich sie schon gar nicht mehr bemerkte. Wenn ich sie nicht bei mir haben durfte, wo sollte sie dann hin? Ich schaute Anthony an. Er zuckte bloß mit den Achseln.

»Wieso trägst du die überhaupt?«, wollte Mr Quinn wissen.

Ich sah wieder Anthony an. Er warf mir einen flehenden Blick zu.

»Die brauchst du doch eigentlich gar nicht, oder?«, sagte Mr Quinn.

Er kam auf mich zu. Er würde sie mir wegnehmen! »Meine Mutter ist tot«, stieß ich hervor. Sofort wich er einen Schritt zurück und hob beschwichtigend die Hände. »Schon gut«, sagte er. »Ich bin sicher, dass der heilige Josef an diesem Tag eine ganze Menge Gepäck dabeihatte. Du kannst schon mal rübergehen und mit Dave proben.«

Dave war der Esel aus Sperrholz und falschem Fell. Er stand auf einem Podest mit Rollen drunter und hatte zwei Stoffsatteltaschen, die mit Stroh ausgestopft waren. Ich holte ihn raus in den Flur und übte, ihn mit Maria (Rebecca Knowles) auf dem Rücken hin und her zu ziehen. Es dauerte eine ganze Weile, bis ich endlich den richtigen Dreh raushatte, wie man ihn steuerte. Wir rasten über den Linoleumboden den Korridor rauf und runter und an den Feuertüren wendeten wir.

Rebecca wiederholte die ganze Zeit »Ich werde die Mutter Gottes sein« und dabei hörten wir, wie die Engel in Miss Nugents Klassenzimmer »Es war in einer Sternennacht« übten, und am liebsten hätte ich mein ganzes Leben als ein einziges Krippenspiel gelebt.

An diesem Abend summte ich vorm Schlafengehen immer noch »Es war in einer Sternennacht« vor mich hin. Nach der Aufführung würden Spenden für Water Aid gesammelt werden. Die Engel sollten Briefumschläge verteilen, bevor es losging, und sie hinterher wieder einsammeln. Es war mir gelungen, mir einen ganzen Packen der Briefumschläge unter den Nagel zu reißen. Ich lag gerade auf dem Boden und steckte Zwanzigpfundnoten in die Umschläge, die ich später in einer Tasche dem Erzengel Gabriel überreichen wollte.

Da trat plötzlich eine große Ledersandale auf meine Umschläge, und in ihr steckte ein riesiger, haariger Fuß. Ich guckte hoch. Über mir erhob sich eine braune Robe mit einem massigen Mann darin. Um seinen Bauch hing ein Gürtel, von dem sieben dicke eiserne Schlüssel herabbaumelten. An dem größten stieß ich mir den Kopf, als ich mich aufsetzte. Der Riese fluchte. Ich werde das Wort hier nicht wiederholen, es ist zu unerquicklich. Und dann sagte er: »Schreib bloß nicht deine Adresse hintendrauf. Die wird an andere Hilfsorganisationen weitergegeben.«

»Heiliger Petrus«, sagte ich, »gestorben im Jahr 64.«

Er fluchte noch mal. »Erinnere mich bloß nicht daran. Es war nicht die angenehmste Art zu gehen. Wenn du deine Adresse hintendrauf schreibst, wirst du belagert. Sämtliche Sammelheinis im Namen des Christentums werden dir die Bude einrennen. Glaub mir, ich weiß Bescheid. Ich bin unfehlbar.«

Ich hatte tatsächlich unsere Adresse auf einige der Umschläge geschrieben, aber nur auf ein paar.

»Ist das hier deiner?« Er hielt einen Schlüssel hoch.

Es war der Schlüssel unseres alten Hauses. Normalerweise bewahrte ich ihn auf der Fensterbank auf.

»3-Kurven-System mit Bohrschutz. Perfekt gearbeitet. Ein Wendeschlüssel. Ich bin der Schutzpatron der Schlüssel, wie du weißt. Und was dieses Geld angeht ...«

»Es ist gestohlen.«

»Weiß ich. Ich bin der Schutzpatron für Schlüssel, Schlösser und Sicherheitsvorkehrungen ganz generell. Ich weiß, dass es heiße Ware ist.«

»Sollten wir es dann nicht besser zurückgeben? Aber wenn wir's tun, wird es verbrannt. Das ist ja auch nicht gut, oder? Ich versuch die ganze Zeit gut zu sein, aber dauernd geht alles schief.«

»Du bist im Stress. Ich bin im Stress. Wir sind alle im Stress. Hier, sieh dir mal meinen Terminkalender an. Wie gesagt: Schlüssel, Schlösser, Sicherheit. Und dazu noch die Fischer, Päpste, Rom ... Ich renn mir (Flucher) die Hacken ab! Und dieses Tor soll ich auch noch bewachen. Ich muss jeden hereinlassen oder heraus, je nachdem.«

»Wirklich? Jeden?«

»Ja. Wieso? Gibt's jemanden, den du suchst?«

»Na ja«, sagte ich, doch dann entschied ich mich plötzlich anders. »Nein. Ist schon gut.«

Er sah mich an und setzte sich ans Fußende meines Bettes. »Ich werd dir jetzt was erzählen, was ich bisher noch niemandem erzählt habe. Nicht mal Lukas oder Markus oder Johannes, als sie mich danach fragten.

Ich hab's immer für mich behalten. Aber ... es ist wahr. Hörst du zu?«

Und dann erzählte er mir die Geschichte von der Speisung der Fünftausend. Ich wollte nicht sagen, dass sie ziemlich genau dokumentiert und sehr bekannt war. Er erzählte von all den Menschen, die Jesus folgten und ihm zuhörten, und dass Jesus nie was geplant hätte und jedes Mal wenn er Hunger bekam, hätte er getan, als handelte es sich um ein völlig unvorhersehbares Ereignis. »Er hätte nicht mal einen Schal eingepackt, um den Mount Everest zu besteigen«, sagte Petrus. »Und er hat für all diese Menschen auch kein Picknick veranstaltet. Die Polizei meinte, es wären fünftausend gewesen, aber ich denk mal, es waren locker doppelt so viele. Und alle halb am Verhungern. Weißt du, was er tat?«

»Na ja ...« Ich wollte ihm ja die Pointe nicht verderben, aber ich musste zugeben, dass ich es wusste: »Fünf Laibe Brot und einen Fisch.«

»Nein. Siehst du. Ich wusste, dass du das sagen würdest. Das ist das, was später alle gesagt haben, und ich sag dir auch, was der Grund war: ihr schlechtes Gewissen.«

»Wie bitte?«

»Ein kleiner Junge kam zu ihm – ungefähr so groß wie du. Er hieß ... ich hab's vergessen. Ab und zu treffe ich ihn noch. Jedenfalls kam er mit diesen Broten und den Sardinen an und Jesus segnete ihn und reichte es herum. Er versuchte gar kein Wunder zu vollbringen, er gehörte einfach zu den Menschen, die daran glauben, dass die Dinge sich schon irgendwie regeln, weißt du. Jedenfalls reichte er diese Sardinen herum und der Erste, der sie bekam, reichte sie weiter. Und weißt du, warum? Weil er in seinem Beutel Honigkuchen und ein Stück Lamm versteckt hatte. Also gab er den Fisch weiter, holte heimlich den Honigkuchen raus und tat, als hätte er ihn sich gerade von dem Teller genommen. Und der Nächste hatte seine Tasche voller Datteln und tat genau dasselbe – holte heimlich eine raus und gab den Teller weiter. Und so ging es immer weiter. Die Wahrheit war, dass jeder einzelne Schurke dort etwas zu essen dabeihatte, aber keiner wollte es teilen. Jeder versteckte es. Jeder dachte nur an sich. Und sie wären lieber an Ort und Stelle verhungert, als den anderen zu zeigen, was sie hatten. Aber als der Teller mit dem Brot und dem Fisch herumgereicht wurde, holten alle ihren eigenen Proviant hervor und fingen an zu essen, und während sie aßen, fingen sie auch an zu teilen, und so begann das größte Picknick der Menschheitsgeschichte. Und der Teller machte die Runde und kam zurück zu Jesus und diesem Jungen – sein Name fällt mir gleich wieder ein – und das Brot und der Fisch lagen immer noch drauf. Und Jesus war ein bisschen perplex, aber als er aufsah (er hatte sich die ganze Zeit unterhalten), stellte er fest, dass alle am Essen waren. ›Was ist geschehen?‹, fragte er und ich antwortete nur ›Ein Wunder‹, weil ich nicht schon wieder jemanden bei ihm schlecht machen wollte. Ich beschwerte mich andauernd über irgendwelche Leute, was er nicht ausstehen konnte, und der Abend versprach gerade so nett zu werden. Damals erwiderte er nichts und ich hatte das Gefühl ihn angeschwindelt zu haben, aber heute ist mir klar, dass es wirklich eine Art Wunder war. Eins der besten. Denn alle diese Leute hatten alles, was sie brauchten. Alles außer – ich weiß nicht, wie das bei euch heißt – Zivilcourage vielleicht, oder Gnade. Und dann dieser kleine Junge. Er tat etwas und plötzlich wuchsen alle über sich hinaus. Sie waren alle erfüllt davon und blieben stundenlang dort, redeten und lachten und waren ganz und gar erfüllt von dieser ... Gnade oder was auch es war. Ein kleiner Junge hatte den Mut gehabt, freigebig zu sein, mehr brauchte es nicht. Ein einziger kleiner Junge. Er wollte nicht die Welt retten. Er wollte einfach nur Mittag essen. Er tat das Richtige im richtigen Moment. Ein kleiner Junge mit einem Teller voll Fisch, und fünftausend Menschen überwanden sich. Und das sind die offiziellen Zahlen der Polizei. Wie gesagt, es könnten locker doppelt so viele gewesen sein. Verstehst du, was ich damit meine?«

»Ein bisschen.«

»Dich meine ich.«

»Jetzt versteh ich gar nichts mehr.«

»Ich darf nicht zu viel sagen, weißt du. Schließlich gibt es ja den freien Willen und all das, das muss man bedenken. Aber ich sag dir Folgendes: Schau dir mal diesen Schlüssel an …«

Es war der Schlüssel zu unserem alten Haus.

»Ein Wunder der Schlüsselmacherkunst, siehst du? Trag ihn immer bei dir. Pass gut auf ihn auf. Ich glaube, so viel darf ich ruhig sagen: Trag ihn immer bei dir. Pass gut auf ihn auf.«

15

Es war der große Abend. Hinter der Bühne mussten wir auf Zehenspitzen laufen, damit man uns nicht hören konnte. Anthony und ich lugten durch den Vorhang nach draußen. Die Aula war voll mit Eltern, die auf kleinen Stühlen hockten, fast alle mit gezückten Videokameras. Ganz hinten entdeckten wir Dad, der sich an den anderen vorbeizudrängen versuchte, um noch ein paar freie Plätze zu ergattern. Er hatte Dorothy dabei.

»Was schleppt er die denn her?«, knurrte Anthony.

»Du hast sie doch eingeladen«, erinnerte ich ihn.

Das Krippenspiel begann. Ein Engel aus der Vierten erschien und verkündete mir, dass Maria ein Kind erwartete. Dann brachen wir auf nach Bethlehem, während all die anderen Engel ganz vorne auf der Bühne »Kleiner Esel« sangen. Als wir am hinteren Ende der Bühne ankamen, verschluckte uns ein Vorhang. Maria stieg ab und schlich sich hinter der Herberge zurück zur linken Bühnenseite, aber für Dave, den Esel, war es dort zu eng, deswegen musste ich zur Seitentür raus, mit dem Esel im Schlepptau am Rektorat vorbei durch die

Eingangshalle rennen und durch die Tür vom Speisesaal wieder rein.

Der heilige Josef erwartete mich schon. »Das war grandios«, sagte er. »Du hast mich wirklich in die Zeit zurückversetzt. Hier, guck ... Tränen.«

»Danke. Ich meine: Tut mir Leid, wenn ich dich so aufgewühlt habe, aber ...«

»Nein, nein, das ist eben Katharsis – genau darum geht es ja.«

»Okay. Ich muss los. Gleich kommt mein Stichwort.«

Ich lief weiter Richtung Bühne, da blieb Dave plötzlich an etwas hängen. Als ich mich umdrehte, stand er vor mir. Der Mann mit dem Glasauge hatte den Esel am Schwanz gepackt. Ich hielt den Atem an.

Er sprach sehr, sehr leise. »Du erinnerst dich doch an mich, oder?«

Ich nickte.

»Ich bin der arme Bedürftige.«

Ich nickte wieder.

»Ich vermute, du hast noch mehr Geld für mich, nicht wahr?«

Er schaute über meinen Kopf hinweg auf die Tasche. Ich versuchte mich so hinzustellen, dass er sie nicht sehen konnte. Aber der Glasaugenmann hatte sie längst entdeckt. Er wollte gerade eine Hand nach mir ausstrecken, aber da öffnete sich die Tür hinter ihm und heraus strömte die ganze Horde kichernder Engel, gefolgt von Miss Nugent.

»Na los, Damian«, flüsterte sie. »Du müsstest doch längst in Bethlehem sein!«

Glasauge tauchte hinter dem Spind ab, weg von mir und der Tasche. Er wollte von niemandem gesehen werden.

»Damian! Los jetzt!«, flehte Miss Nugent.

Ich blickte zu Glasauge rüber, bedeutete ihm, dass ich wegmusste, und ging. Einfach so. Umringt von Engeln schritt ich zur Bühne.

Als ich wieder hinter dem Vorhang stand, fragte Miss Nugent: »Und was in aller Welt soll denn diese unzeitgemäße Tasche da auf deinem Rücken? Gab es im 1. Jahrhundert vielleicht schon Sachen von Nike? Ich glaube nicht, oder?«

Ich wusste nicht, was ich tun sollte. Aber Mr Quinn war gerade dort, um den Stern von Bethlehem hochzuziehen (er hing an einem Flaschenzug). »Ich hab ihm eigentlich gesagt, das wäre in Ordnung, Miss Nugent ...«, sagte er leise und dann flüsterte er ihr etwas zu. Sie rollte mit den Augen und verzog sich ans Klavier.

Die Engel mussten wieder »Kleiner Esel« singen und Rebecca ging wieder auf die Bühne. Deswegen blieb mir gerade noch Zeit für eine geniale Maßnahme, nämlich folgende: Ich holte das ganze Stroh aus den Satteltaschen und stopfte das Geld hinein. Das Stroh kam in meine Schultasche. Ich vertauschte das Geld und das Stroh.

Dann ging ich zu Mr Quinn und gab ihm die Tasche. Er wirkte sehr überrascht (und erfreut). »Eigentlich brauche ich sie doch nicht«, sagte ich. »Soll ich sie zu den Garderoben bringen?«

»Ja, wunderbar«, sagte er. »Nein, ich bringe sie für dich hin. Gut gemacht, Damian. Die Zeiten ändern sich, was?« Er wuschelte mir durchs Haar und nahm die Tasche an sich.

Ich schaute ihr nach.

Dann mussten wir weiter und an all diese Herbergstüren klopfen und nach einem freien Zimmer fragen. Es war jedes Mal dieselbe Tür, aber jedes Mal ein anderer Herbergsbesitzer.

»Habt ihr noch Zimmer?«

»Nein, alles ausgebucht. Wisst ihr denn nicht, dass gerade eine Volkszählung läuft?«

Hinter Dad konnte ich Glasauge erkennen. Ich drehte den Zuschauern den Rücken zu (was man nicht tun soll), damit er sah, dass ich die Tasche abgelegt hatte.

»Habt ihr noch Zimmer?«

»Nicht für solche wie euch. Entfernt diesen schmutzigen Esel sofort aus meinem Hotel!«

Als ich an die dritte Herbergstür klopfte, hörte ich das gedämpfte Zuschnappen der Brandschutztür. Ich wusste, dass er sich davongemacht hatte, um die Tasche zu suchen. Er würde sie im Garderobenraum finden. Wenn er hineinsah, würde er das Stroh entdecken. Und dann? Würde er mich wohl umbringen.

»Habt ihr noch Zimmer?«, wiederholte ich, ein bisschen schneller als normal. »Meine Frau bekommt ein Kind.«

»Eigentlich nicht, aber wenn ihr in Not seid, könnt ihr euch im Stall ein Lager herrichten. Dort ist es wenigstens trocken und warm.«

Wir betraten die Herberge und Rebecca sagte: »Oh, viiielen Dank!« Ein »Aaaaaah!« wogte durch den Zuschauerraum. Kamerablitze leuchteten auf wie Wunderkerzen. Wir verschwanden hinter dem Vorhang.

Mr Quinn begann am Flaschenzug zu ziehen, damit der Stern von Bethlehem quer über die Bühne schwebte. Die drei Könige sollten ihm folgen und dabei »Wir sind die drei Weisen« singen. Nach der dritten Strophe (die mit der Myrrhe) mussten wir eigentlich auf die Bühne zurück. Aber ich hatte andere Pläne. Ich würde mit dem Geld durchbrennen.

Das Singen begann: »Wir, die drei Weisen aus dem Morgenland ...« Ich hatte noch drei Strophen Zeit, ehe jemandem auffallen würde, dass ich fort war. Drei Strophen bis zu meinem Stichwort. Drei Strophen Vorsprung.

Die Satteltaschen voller Geld waren wirklich schwer, also ließ ich sie einfach, wo sie waren, auf dem Rücken des Esels, und zog ihn hinter mir her den Korridor entlang. Zuerst wollte ich direkt zum Haupteingang. Aber ich hatte ganz vergessen, dass die Engel draußen auf dem Flur standen. Also musste ich den anderen Weg nehmen, vorbei am Rektorat und an den Garderoben. Dort, wo alle Taschen hingen. Wo Glasauge vielleicht war. Leise ging ich weiter und horchte dabei auf die Musik. Die Könige waren schon bei »Gold bringe ich …« Dort auf dem Boden im Garderobenraum lag meine leere Schultasche mit einem Haufen Stroh daneben. Er hatte sie bereits durchsucht. Er würde also wissen, dass ich versucht hatte, ihn reinzulegen. Er würde bereits nach mir suchen.

Ich hatte keine Zeit mich umzuziehen, also nahm ich meinen Mantel vom Garderobenhaken und zog ihn über das Josefskostüm, um weniger aufzufallen. Dann zerrte ich den Esel weiter, bis zum Haupteingang. Mir war kalt. Draußen stand Mr Quinn und rauchte eine. Die Könige waren gerade bei »Weihrauch bringe ich …« Und Mr Quinn rauchte. Er musste doch wissen, dass es schädlich war. Plötzlich ließ er die Zigarette fallen, kam wieder rein und verschwand in Richtung der großen Halle. Ich zog den Esel hinter mir her, durch den Haupteingang ins Freie, ließ ihn die Stufen runterrappeln und hetzte mit ihm über den Parkplatz. Ich lief so schnell, dass er fast umkippte.

Als ich durch das Schultor trat, warf ich einen Blick zurück. Von Glasauge keine Spur. Noch war er nicht hinter mir her. Ich lief über die Straße und ins Bushäuschen. Wie durch ein Wunder kam sofort ein Bus. Oben saßen ein paar Fahrgäste. In den eckigen Busfensterscheiben waren ihre Gesichter hell erleuchtet. Sie blickten zu mir herab wie Engelschöre. Ich schulterte die beiden Satteltaschen, stieg ein und ließ den Esel im Wartehäuschen stehen.

Im Bus verlangte ich eine einfache Fahrkarte zur Smithdown Road. Es kostete fünfundsiebzig Pence. Da merkte ich, dass mir zwar Tausende von Pfund auf den Schultern hingen, aber Kleingeld hatte ich überhaupt keins. Nichts Kleineres als Zehnpfundscheine. Der Busfahrer starrte mich bloß an und wiederholte: »Fünfundsiebzig Pence.«

Ich tastete meinen Mantel ab. Die Satteltaschen wollte ich nicht öffnen, weil sonst vielleicht das ganze Geld herausgefallen wäre.

»Kann ich mich einen Moment hinsetzen? Ich glaube …«

»Du bist in deinem Kostüm losgegangen«, sagte der Fahrer. »Und dein Geld ist in der Hose.«

Ich wollte nicht lügen. Nicht in meiner Verkleidung als heiliger Josef, also sagte ich bloß: »Entschuldigung.«

»Sing mir ›Bethlehem, du kleine Stadt‹, dann lass ich dich wieder laufen«, sagte der Busfahrer und fuhr los.

Ich setzte mich auf den vordersten Platz und fing ganz leise an zu singen. Im Seitenspiegel war der Esel zu sehen, der aus dem Wartehäuschen hervorlugte wie aus einem Stall. Es schien mich niemand zu verfolgen. »All Hoffen und all Bangen, in dir, o Herr, erklangen …«, sang ich.

Später, als alles vorüber war, erzählte mir Dad, was während des Krippenspiels geschah. Als es Zeit war für meinen Auftritt, betrat Maria die Bühne, aber ich natürlich nicht. Sie setzte sich neben die Krippe und nichts passierte. Dann sagte sie sehr laut und deutlich: »Hier ist es schön behaglich, Josef.« Sie dachte, ich wäre hinter der Kulisse. Als ich immer noch nicht auftauchte, wiederholte sie ihren Satz, bloß lauter: »Hier ist es schön behaglich, Josef.« Die Zuschauer fingen an zu kichern. Dad meinte, er hätte angefangen sich Sorgen zu machen. Ich wette, Glasauge, der irgendwo weiter hinten stand, ebenfalls. Wahrscheinlich wollte er gerade los, um mich zu suchen, als Maria sagte »WIE GESAGT, HIER IST ES …« und dann plötzlich verstummte. Es betrat tatsächlich jemand die Bühne. Nicht ich, sondern jemand mit einem großen Bart und einem langen Gewand und, erzählte Dad, mit so einem Leuchten. Die Zuschauer, die sich alle vorgebeugt hatten, lehnten sich entspannt zurück, als säßen sie an einem gemütlichen Feuer. Dad meinte, es musste Mr Quinn gewesen sein, in ein Bettlaken gewickelt und mit einem Geschirrtuch auf dem Kopf. »Er muss eins von diesen Camping-Knicklichtern benutzt haben; man knickt sie und dann fangen sie an zu leuchten, von ganz allein. Sehr effektvoll. Sein Gesicht war nicht richtig zu erkennen, aber er hatte diese unglaubliche Aura. Einen Moment lang vergaß ich ganz, mir Sorgen um dich zu machen.« Da wusste ich, dass es bestimmt nicht Mr Quinn gewesen war. Es war der echte heilige Josef, der für mich einsprang, so dass sogar Glasauge wie gebannt stehen bleiben und ihn ansehen musste. Danke dafür noch mal.

Ich stieg in der Smithdown Road aus und lief zum ersten Mal seit unserem Umzug wieder die Panama Street hinunter. Durch einen kleinen Spalt zwischen den Häusern leuchtete ein seltsam heller Stern und sein Licht fiel auf die Tür mit der Nummer 37. Ich steckte den Schlüssel ins Schloss, drehte ihn herum wie früher und trat ein.

Natürlich war mir klar gewesen, dass das Haus leer sein würde. Ich hatte ja geholfen, alles rauszutragen, und es hatte sich kein Käufer gefunden. Also wusste ich, dass es leer sein würde. Ich hatte nur nicht damit gerechnet, *wie* leer. Es war das leerste Gebäude, das ich je betreten hatte. Wie wenn man morgens ein bisschen verschlafen hat, die Treppe hinunterrennt und dann merkt, dass die Stufen verschwunden sind, dass man mitten im leeren Weltraum steht. Genau so war es, wie im Weltraum.

Es hörte sich nicht mal an wie unser Haus. Es hörte sich an wie ein U-Boot. Als ich mit den Satteltaschen die Treppe hinaufstieg, klang es wie das ohrenbetäubende Dröhnen im Inneren eines U-Bootes. Ich hastete zum Treppenabsatz hinauf und öffnete den Wäscheschrank. Es lagen keine Handtücher und Laken drin, so wie früher. Aber an der Innenseite der Schranktür hing ein langer Haken, ein spezielles Gerät, mit dem man die Klappe zum Speicher öffnen und die Ausziehleiter herunterziehen konnte. Ich stellte mich mit dem Haken unter die Klappe und zog am Riegel. Die Speicherklappe öffnete sich und knallte gegen die Wand. Rasselnd sauste die Ausziehleiter nach unten, ein Geräusch, als ob zehntausend Zinnsoldaten-Fallschirmspringer auf einem Wellblechdach landeten. Dann hielt sie plötzlich an. Direkt über meinem Kopf baumelte die unterste Leitersprosse in der Luft. Ich zog an dem Haken, der die untere Hälfte der Leiter entriegelte, und weitere zehntausend Zinnfallschirmspringer landeten. Dann war alles still.

Ich zerrte die Satteltaschen auf den Speicher. Früher war ich nie dort gewesen. Ab und zu war Dad hinaufgestiegen. Ich hatte mich immer gefragt, was wohl dort oben war. Gar nichts. Sogar noch mehr Nichts als im restlichen Haus. Nichts und ein großer grauer Wassertank aus Metall. Von Zeit zu Zeit das Plitschen eines Wassertropfens, das war alles. Zwischen dem Tank und der Wand war ein Spalt. Ich stopfte die Satteltaschen hinein und kletterte wieder nach unten.

Gerade als ich die untere Leiterhälfte wieder hochschob, hörte ich es. Es war jemand an der Haustür. Ich hielt den Atem an. Keine Gefahr, sie konnten nicht hinein. Ich musste daran denken, was der heilige Petrus über den Schlüssel gesagt hatte, und fühlte in meiner Hosentasche nach, ob er noch da war. War er nicht. Ich hatte ihn in der Tür stecken lassen. Im nächsten Moment war zu hören, wie er sich im Schloss drehte. Ich raste die Leiter wieder hinauf und zog sie hinter mir hoch. Als ich nach unten griff, um die Klappe zuzuziehen, hörte ich jemanden die Treppe hinaufkommen. Blitzschnell schloss ich die Luke und kroch mit angehaltenem Atem zum Wassertank hinüber. Sie liefen nun direkt unter mir herum, wer immer es war. Ich versuchte mich in den Spalt zwischen Wassertank und Wand zu quetschen.

Plötzlich begann der Tank zu donnern und zu vibrieren. Wasser strömte ein und aus, als würde er explodieren. Ich robbte erschrocken von ihm weg. Unten hatte jemand die Klospülung betätigt. Ich versuchte meine Atmung zu kontrollieren – wahrscheinlich war es das, was den Schluckauf auslöste. Ich fing an zu hicksen. Erschrak. Horchte. Die Schritte blieben stehen. Vielleicht hatten die dort unten etwas gehört – oder meinten, etwas gehört zu haben – und nun lauschten sie angestrengt. Ich hielt den Atem an. Mehr Stimmen, mehr Schritte. Ich hickste wieder. Die Schritte blieben wieder stehen. Ich zog meinen Josefsbart aus der Tasche und legte ihn mir über den Mund, um das Hicksen zu ersticken. Im selben Moment ertönte plötzlich in unmittelbarer Nähe die Harry-Potter-Melodie. Ich sah mich suchend um. Das Videohandy. Es klingelte in meiner Manteltasche. Es war zu spät, um irgendwas zu unternehmen. Noch ehe ich es abschalten konnte, hatte sich die Klappe zum Speicher geöffnet. Ein eckiger Lichtstrahl drang in den Speicher. Die Ausziehleiter kam nach oben geschossen und rammte um ein Haar meinen Kiefer. Sie rasselte in die Tiefe, hielt schlenkernd auf halber Höhe inne. Dann löste jemand die Verriegelung und sie kam unten am Boden an. Einen Moment lang blieb es still. Dann setzte jemand seinen Fuß auf die unterste Leitersprosse. Ich saß schlotternd da und sah, wie das obere Ende der Leiter unter dem Gewicht des Kletterers zu zittern begann. Wieder ein Schritt. Erneutes Zittern. Schweigen. Wieder ein Hicksen. Dann folgten zwei Schritte, sehr schnell hintereinander. Ich versuchte zurückzuweichen, in den Schatten. Wieder erbebte die Leiter. Eine Hand tastete sich in den Spalt. Ich sah den Handrücken eines Mannes. Und dann schrie und schrie und schrie ich. Der Mann drehte mir sein Gesicht zu. Es war Dad.

»Was zum Teufel tust du denn hier oben, du verrücktes Huhn?«

Mal rein zugegebenermaßen war ich echt am Heulen. Dad zog mich zu sich rüber und trug mich die Leiter runter. Ich kriegte nicht richtig Luft. Er hielt mich fest und sagte eine ganze Weile nichts anderes als »Schsch …« Dann trug er mich in mein altes Zimmer und flüsterte mir ins Ohr: »Erinnerst du dich? Das hier ist dein altes Zimmer, hm? Na komm, hol einfach Luft.« Ich versuchte es ja, aber jedes Mal, wenn ich mich ein bisschen beruhigt hatte, ging diese schreckliche Mischung aus Heulen und Schluckauf wieder los. Er trug mich ins nächste Zimmer. »Und das war meins und – du weißt schon – ihrs«, sagte er. Wir gingen zum Erkerfenster rüber und schauten hinaus.

»An dem Tag, als wir auszogen, hab ich gesehen, dass du den Schlüssel mitgenommen hast. Als du nach dem Krippenspiel verschwunden warst, sind wir nach Hause gefahren, um nachzusehen, ob du dort bist. Ich sah, dass der Schlüssel auf deinem Fensterbrett fehlte. Und … nun sind wir hier, stimmt's?«

Anthony hielt sein Videohandy hoch. »Ich hab mir Sorgen um dich gemacht, deswegen hab ich dich angerufen«, sagte er. »Hast du mich auf dem Bildschirm denn nicht gesehen?«

»Das Telefon war in meiner Manteltasche.«

Dad starrte das Videohandy an. »Würde mir bitte mal jemand erklären, was hier vorgeht?«, sagte er.

Ich sah Anthony an. Ich wusste, dass ich so nicht weitermachen konnte. Er nickte. »Hinter dem Wassertank liegt eine Tasche«, sagte ich.

Dad ging rauf und holte die Satteltaschen. Sie schlossen nicht richtig, weshalb er schon merkte, was drin war, als er gerade wieder auf die Leiter steigen wollte. Er sagte etwas Unerquickliches. Und dann: »Wo zum Teufel kommt das alles her?«

»Es fiel vom Himmel. Ich dachte, es käme von Gott.«

»Von Gott? Wieso sollte Gott euch …« Er warf einen Blick in die Tasche.

»Es waren 229370 Pfund«, sagte Anthony. »Der Rest hier ist nur noch zweiundzwanzig Stunden gültig.«

»Verdammt!« Dad starrte auf den Haufen Geld. »Und ihr habt wirklich geglaubt, ihr könntet es behalten?«

So wie er es sagte, war deutlich herauszuhören, dass wir einen Fehler gemacht hatten, so wie Mürbeteig statt Rührkuchen.

Wir sahen uns an.

»Ihr seid mir ein verrücktes Paar«, sagte er. »Na los, kommt.«

»Was hast du vor?«

»Es abgeben, was denn sonst?«

»Kriegen wir Ärger?«

»Ganz und gar nicht. Es sollte doch sowieso bloß verbrannt werden. Sie werden euch dankbar sein.«

Er wuschelte mir durchs Haar.

»Kriegen wir eine Belohnung?«, erkundigte sich Anthony.

»Steig schon ein«, lachte Dad und dann fuhr er uns durch die Stadt nach Hause, mit offenem Verdeck, so dass wir auf dem Rücksitz liegen konnten und die Lichter der Straßendekoration über unsere Köpfe hinweghuschen sahen.

Ich sah ein paar dicke weiße Engel und rote und grüne Glocken und leuchtende Worte wie »Frieden auf Erden« und »Fröhliche Weihnachten« und ich dachte, dass Dad ganz bestimmt alles wieder in Ordnung bringen würde. Und es machte mir nichts aus, dass die Leuchtweihnachtsmänner überhaupt nicht so aussahen wie der echte heilige Nikolaus. Und als wir zu Hause ankamen, wartete dort wer auf uns? Dorothy natürlich. Alles schien auf ein glückliches Happy End hinzudeuten.

Aber es war nicht das Ende. Und ein glückliches schon gar nicht.

16

Unschöne Weihnachten sind nichts Ungewöhnliches. Gleich beim ersten Mal hörte König Herodes von einem neuen König, der in einem Stall geboren werden sollte, und weil er dachte, dass da eine Verschwörung gegen ihn im Gange war, machte er sich die ganze Zeit nur Sorgen. Nicht gerade erholsam. Und nachdem er sich eine Zeit lang den Kopf zerbrochen hatte, entschied er, dass es am sichersten wäre, seine Soldaten loszuschicken und alle neugeborenen Jungen in ganz Judäa töten zu lassen. Was bedeutete, dass in diesem Jahr die männlichen Babys von Judäa ein noch schrecklicheres Weihnachten hatten als Herodes.

Jesus entwischte ihm natürlich. Obwohl es statistisch gesehen wirklich seine Schuld war, dass die anderen Jungen sterben mussten. Sie waren Kollateralschäden, so wie jene, die bei der Hinrichtung der heiligen Katharina durch die tödlich treffenden Splitter starben. Erstaunlich, wie viele Menschen zu Schaden kommen, nur weil sie zur falschen Zeit am falschen Ort sind.

Dad war erstaunt und freute sich, dass Dorothy vor unserer Haustür auf ihn wartete. Er blinkte auf und hupte kurz. Aber im Scheinwerferlicht sah ich ihr Gesicht. Sie biss sich auf die Lippen und wirkte besorgt. Dad parkte und stieg aus. »Hoffentlich erzählt er ihr nichts«, zischte Anthony. »Und *du* hoffentlich auch nicht!«

Als ich aus dem Wagen ausstieg, hielt Dorothy Dads Hand. Sie hielt mir ihre andere Hand hin. Der Duft ihres Orangenshampoos stieg mir wieder in die Nase. »Ich kam einfach so vorbei, wisst ihr«, sagte sie, »und die Haustür stand offen. Ich hätte nicht im Traum daran gedacht ... Es tut mir so Leid. Ich hab sie sofort angerufen.«

Bei uns war eingebrochen worden. Der Türrahmen rings um das Schloss war gesplittert. Der Weihnachtsbaum lag platt gedrückt am Boden, in einem Haufen aus kaputtem Weihnachtsbaumschmuck und verheddertem Lametta. Er sah aus, als hätte ein Tornado ihn getroffen. Die Geschenke waren zerdrückt. Die Keramikkohlen des Echtfeuer-Gaskamins lagen überall herum. In der Küche war alles aus den Regalen gerissen und auf dem Boden verstreut, ebenso der Müll aus dem Abfalleimer, warum auch immer. Dad setzte sich und starrte auf das Chaos.

Er starrte immer noch, als die Polizei eintraf. »Das ist kein Einbruch, das ist Vandalismus«, sagte der Gemeindepolizist und schrieb eine Nummer auf einen Zettel. »Die geben Sie Ihrer Versicherung zusammen mit der Schadensmeldung. Natürlich kann sie Ihnen das hier nicht wirklich ersetzen. Ihr Weihnachten kriegen Sie nicht zurück. Wahrscheinlich trifft der Scheck bei Ihnen Weihnachten nächstes Jahr ein.«

Dad blieb sitzen und starrte weiter.

Dorothy hatte eine Kanne Tee gemacht. »Mir ist nichts anderes eingefallen«, sagte sie.

»Ein bisschen Toast wäre nicht schlecht«, sagte der Gemeindepolizist.

»Oh, Verzeihung.«

»Die haben hier ganz schön gewütet, was? Das Seltsame ist, dass sie nicht sehr viel mitgenommen haben. Sie scheinen eher was zu suchen. Gibt es irgendetwas, wonach sie suchen könnten?«

Dad starrte weiter.

»Es ist nur so, dass eine dieser Taschen mit altem Geld hier in der Gegend verschwunden sein soll, was diese Einbruchserie vielleicht erklären würde. Nicht dass man damit jetzt noch irgendetwas anfangen könnte. Die Banken sind alle gewarnt und müssen den Umtausch größerer Beträge melden und die Räuber haben sowieso nur noch einen Tag Zeit, ehe das ganze Zeug zu Altpapier wird.«

Und dann ging er. Dad sagte nicht auf Wiedersehen und stand auch nicht auf. Er saß einfach nur da und starrte den Baum an. Und Anthony, wie mir plötzlich auffiel, genauso. Es war Dorothy, die den Polizeibeamten zur Tür brachte. Als sie wiederkam, sagte sie:

»Einmal habe ich für eine weltweite Hilfsorganisation gesammelt, Entwicklungshilfe oder so was. Im Kongresszentrum in Birmingham. Nelson Mandela hielt für sie dort eine Rede. Er hat mir die ganze Arbeit abgenommen. Danach kam ich mit dem Unterschreiben der Einzugsermächtigungen gar nicht mehr hinterher. Wisst ihr, was er gesagt hat? Er meinte: ›Leben ist der einzige Reichtum.‹ Wie findet ihr das? Er sagte, Geld könnte ein Gefängnis sein, genau wie die Armut. Leben ist der einzige Reichtum. Wovon ihr eine ganze Menge habt ... Ihr habt euch, habt ein Zuhause, seid gesund. Leben. Alles andere sind doch bloß Enttäuschungen. Wie das Riesengebirge.«

Ich sah sie an. Anthony ebenfalls. Das Riesengebirge?

»Das wisst ihr doch bestimmt.« Sie zuckte mit den Achseln. »Es gibt gar keine Riesen dort. Nicht einen einzigen.«

Ich prustete. Anthony ebenfalls. Dad blickte auf. Sie biss sich auf die Lippen. Er fing an zu lachen. Und er lachte weiter, bis ich einfiel, und ich lachte, bis Dorothy einfiel, und schließlich fing sogar Anthony an.

Dann stand Dad auf und ging raus zum Wagen. Anthony lief hinterher. »Tu's nicht, Dad«, sagte er. »Bitte, Dad, tu's nicht.« Aber offensichtlich hatte er genau das vor. Er kam mit den Satteltaschen wieder zurückgestapft und ließ sie auf den Esstisch plumpsen.

»Was ist das?«

Dad hob sie hoch und schüttelte sie, so dass die ganzen Geldbündel rausfielen wie Kohlen aus einer Kohlenschütte. Dorothy schnappte nach Luft. Anthony stöhnte und ging schlafen.

»Wo kommt das ... Gehört das euch?«

»Das ist es, wonach sie gesucht haben«, sagte Dad.

Dorothy berührte die Taschen vorsichtig, als ob sie befürchtete, sie könnten explodieren. »Ihr wisst doch, was ich über das Leben und den Reichtum gesagt habe. Na ja ... so lässt sich's leben.«

Dad lachte wieder, aber es war kein fröhliches Lachen. »Sie haben uns unser Weihnachten genommen. Also nehmen wir ihr Geld.«

In diesem Moment wurde mir zum ersten Mal klar, dass er das Geld behalten würde.

»Aber du kannst es doch nicht behalten. Das wäre doch Diebstahl«, sagte ich.

»Wenn man etwas stiehlt, stiehlt man es *jemandem*. Aber wem stehlen wir es denn?«

»Der Regierung.«

»Also, das ist zwar ganz klar eure Sache«, mischte Dorothy sich ein, »aber ihr wisst doch, dass die Regierung das hier verbrennen wollte? Ich sag's ja nur.«

Dad sprang sofort darauf an. »Genau. Verbrennen! Wo es überall so viel Armut gibt! Wieso konnten sie es nicht einfach an die Armen verteilen? Das wäre doch viel besser gewesen.«

Anthony hatte mir bereits alles erklärt. »Das hat was mit der Geldmenge zu tun. Es funktioniert nämlich so …«

»Schon gut, schon gut, ich weiß, wie es funktioniert. Aber ich habe was Wichtiges zu sagen.«

»Und was?«

»Dass wir damit morgen in die Stadt gehen, es in Euro umtauschen und es ausgeben.«

Es klingelte an der Tür. Dad und Dorothy sahen sich erschrocken an und fingen an, das Geld in die Taschen zu schaufeln.

Ich ging, um aufzumachen. »Noch nicht!«, zischte Dad, der immer noch am Schaufeln war. »Okay. Jetzt.« Ich öffnete und hörte, wie er versuchte, die Taschen schnell in den Schrank unterhalb der Spüle zu stopfen.

Es war IT-Terry. »Ist dein Dad zu Hause?«, fragte er.

Ich geleitete ihn ins Wohnzimmer. »Ich habe von Ihrem ungebetenen Gast gehört und mich gefragt, ob wir Ihnen als Nachbarschutzverein irgendwie behilflich sein können.«

»Dafür ist es ein bisschen zu spät, Terry.«

»Wir könnten Unterstützung vom Opferschutz bekommen, Ihnen mit den Versicherungsunterlagen helfen und all das. Oder wenn Sie eine kurzfristige finanzielle Hilfe benötigen …«

Dorothys Kommentar war eine Art Lachgluckser. Terry starrte sie entgeistert an. »Tasse Tee gefällig?«, fragte sie.

»Nein danke. Die haben Ihren Weihnachtsbaum ja total übel zugerichtet. Wieso das denn? Das ist doch reiner Neid, oder? Diese Leute können nicht ertragen, dass jemand hart arbeitet und dann die Früchte seiner Arbeit erntet. Die denken, man kann sich einfach nehmen, was man haben will. Weil sie nicht den Mumm haben, sich selbst etwas zu erarbeiten. So ist das nämlich, wenn Sie mich fragen.«

»Ganz recht«, sagte Dad, der seine Hände hinter dem Rücken versteckt hielt.

»Oh, aber sie haben auf jeden Fall was übersehen«, sagte Terry, bückte sich und hob zwei Zwanzigpfundscheine auf, die zu Dads Füßen lagen. Er hielt sie Dad hin. Dad zögerte.

»Oh. Sind Sie sicher, dass das nicht Ihre sind?«, fragte er.

»Na ja, sie lagen hier auf dem Teppich«, sagte Terry ein wenig erstaunt.

Ich merkte, dass Dad immer noch ein paar Geldscheine umklammerte. Deswegen konnte er seine Hand nicht ausstrecken, um die Zwanziger zu nehmen. »Ähm, legen Sie sie besser wieder hin …«, sagte er. »Falls Fingerabdrücke drauf sind.« Es war deutlich zu merken, von wem Anthony sein Talent hatte, Ausreden zu erfinden.

»Ach du meine Güte, ja«, keuchte Terry. »Daran habe ich gar nicht gedacht.« Und er ließ die Scheine fallen, als ob sie glühend heiß wären. Sie flatterten zu Boden.

»Ihre Krawatte gefällt mir«, sagte Dorothy.

»Ja, mir auch«, sagte Dad viel zu hastig. Dann setzte er sich plötzlich in den großen Sessel, die Arme immer noch hinter dem Rücken. Ich konnte sehen, wie er versuchte, seine Hand voll Zwanziger hinter das Kissen zu stopfen.

Das war der Moment, in dem ich beschloss, ebenfalls ins Bett zu gehen. Als ich sah, dass das Geld Dad vor IT-Terry zittern ließ.

Ich erschrak, als ich in mein Zimmer kam. Jemand saß am Fußende meines Bettes. Es war Anthony. Er hob beschwichtigend die Hand und sagte: »Ich horche.«

Ich tat dasselbe. Wir hörten, wie Terrys Krawatte die Scooby-Doo-Melodie spielte. Dann verabschiedete er sich und hinter ihm fiel die Haustür ins Schloss. Und dann …

»Pscht«, machte Anthony. »Da! Was hörst du?«

»Zählen.« Sie zählten das Geld.

»Sie bringt ihn dazu, es zu zählen. Kannst du das glauben? So viel zum Thema, dass ich so darauf rumreite. Sie ist das Böse.«

»Wie meinst du das?«

»Also bitte, wir kommen nach Hause, das ganze Haus ist durchwühlt und sie steht vor der Tür. Was für ein Zufall!«

»Du denkst, dass sie die Einbrecherin ist?«

»Sie hat das Geld gesucht. Wenn sie vorher geahnt

hätte, was für ein Riesendepp Dad ist … Sie war bestimmt total überrascht und hat sich gefreut, dass er ihr einfach alles so erzählt.«

Unten brach Dad plötzlich in Gelächter aus. Ein breites, fröhliches Lachen, als ob ihn jemand kitzelte.

»Sie wartet, bis er ihr den Rücken zudreht, und dann haut sie mit dem ganzen Geld ab.« Anthony ging rüber in sein Zimmer.

Ich lag auf meinem Bett und lauschte auf die Stimmen unten im Wohnzimmer – Zählen und Lachen, dann erneutes Zählen. Nach einer Weile merkte ich, dass die Stimmen verstummt waren. Wie lange wohl schon? Als ich mich umschaute, stand Dad in der halb offenen Tür und sah mich an.

»Was ist?«

»Wieso schläfst du nicht? Willst du eine Geschichte?«

»Dad … das Geld …«

»Hab ich mir verdient.«

»Was?«

»Ich arbeite jede Minute, die mir vergönnt ist, um diese Hypothek abzubezahlen, damit ihr ein schönes Zuhause habt. Ich ertrinke in Schulden. Ich bin ständig fix und alle. Und nun ist alles hin, wofür ich gearbeitet habe. Mir reicht's. Nun ist Schluss. Es wird Zeit, dass ich auch mal was dafür bekomme. Wir gehen morgen in die Stadt, tauschen das Geld und dann werden wir es ausgeben. Und nun gute Nacht.«

Als er fort war, stieg ich aus dem Bett und versuchte auf dem Boden zu schlafen. Mir war, als würde ich über mir etwas hören, das sich bewegte, auf der anderen Seite der Zimmerdecke. Jemand war auf dem Dach oder vielleicht im Gebälk.

Ich lief hinaus zum Treppenabsatz und stellte mich vor die Tür von Dads Zimmer. Ich wusste nicht, ob ich ihn wecken sollte – vielleicht war es ja jemand, den nur ich hören konnte. Das Geräusch verfolgte mich. Es war nun direkt über mir. Irgendetwas berührte meine Haare. Ich schaute nach oben. Dort war nichts. Nur die Dachbodenklappe. Ein feiner Staubregen rieselte mir in die Augen. Die Klappe bewegte sich. Plötzlich verschwand sie und ich blickte in ein Fenster der Finsternis. Kalte Luft strömte auf mich herab. Dann schien sich ein finsterer Klumpen aus der Dunkelheit zu lösen und durch die Klappe auf mich herunterzuregnen – zwei lange Schattenstücke baumelten direkt über meinem Kopf. Beide hingen offenbar an einem größeren finsteren Etwas weiter oberhalb. Erst als sie sich auf den Boden herabließen, erkannte ich, dass es Beine waren, mit einem Körper und einem Gesicht, das direkt in meins blickte. Der Mann mit dem Glasauge war vom Speicher heruntergesprungen und kauerte nun vor mir. Er legte einen Finger an die Lippen. Ich schrie nicht. Mein Gefühl riet mir, es besser nicht zu tun.

»Los, da rein«, sagte er und zeigte auf meine Zimmertür. Er öffnete beim Sprechen kaum den Mund. Ich hatte das Gefühl, als spräche er direkt in meinem Kopf. Als würde die Angst zu mir sprechen.

Ich ging in mein Zimmer zurück und setzte mich aufs Bett. Er kam hinterher, schloss die Tür und sah sich um. »Ich weiß, dass du es hast. Es gehört mir«, sagte er. »Du wirst es morgen umtauschen, das ist eine feine Sache. Erspart mir Arbeit, kapiert?«

Ich nickte. Dabei versuchte ich ihm in die Augen zu sehen, damit er merkte, dass ich die Wahrheit sagte, doch dann fiel mir ein, dass ich vielleicht ja gerade in sein Glasauge sah, also blickte ich in das andere. Er nahm sich das Handy vom Nachttisch und begann daran herumzufingern und nach der Nummer zu suchen. Ich versuchte eine Unterhaltung. »Also sind Sie es gewesen, der bei uns eingebrochen hat?«, fragte ich.

»Was? Es ist doch nichts gestohlen worden, oder? Ich will nur, was mir gehört. Ich konnte es nicht finden. Deswegen dachte ich, ich warte hier, bis du wieder auftauchst.«

Also war der Einbruch gar kein echter Einbruch gewesen, genauso wie der Überfall auf den Zug gar kein echter Überfall gewesen war. Beides war nur dazu benutzt worden, jemanden zu verstecken. Glasauge hockte sich vor mich hin und blies mir Worte ins Gesicht: »Du wirst Folgendes für mich tun: Morgen Abend, wenn du den Job erledigt hast und alle anderen im Bett liegen, rufe ich dich auf diesem Handy an. Du wirst runterkommen, mir die Tür aufmachen und mich reinlassen. Dann nehme ich das Geld und verschwinde. Okay? Ich sage kein Wort. Und du brauchst dich mit der ganzen Angelegenheit nicht weiter zu belasten.«

Mal rein logisch betrachtet hatte ich mit Glasauge etwas gemein: Wir waren die Einzigen, die wussten, dass diese Angelegenheit eine Belastung war. Als er das mit dem Belasten sagte, begriff ich, dass er von Geld viel mehr Ahnung hatte als Dad oder Anthony oder jeder andere.

»Pass nur auf, dass dein Handy eingeschaltet ist«, sagte er noch. Dann war er fort.

Ich setzte mich eine Weile aufs Bett, nur sicherheitshalber. Dann entschied ich, dass ich keine Lust hatte, länger in meinem Zimmer zu bleiben. Ich lief wieder raus bis zur Treppe. Weil ich nicht noch mal unter der Speicherklappe stehen wollte, war Dads Zimmer für mich unerreichbar. Stattdessen ging ich runter in die Küche. Die Satteltaschen lagen immer noch auf dem Tisch, neben einer fast leeren Flasche Wein, zwei Gläsern und einem Teller voll Brotrinde. Offenbar hatten Dad und Dorothy sich beim Zählen Toast gemacht. Ich ließ den Kopf auf die Satteltaschen sinken und lauschte auf das gemütliche Magengrummeln der Zentralheizung.

Ich musste eingeschlafen sein, denn ich hörte nicht, wie sie hereinkam. Ich spürte nur ein leichtes Zupfen an der Satteltasche. Als ich mich aufsetzte, stand dort Dorothy und schaute zu mir herunter.

»Hi«, sagte ich.

Sie legte den Finger auf die Lippen und flüsterte: »Pscht, leise.«

Dann lud sie sich die Satteltaschen auf ihre Schultern, öffnete leise die Tür zum Garten und schlüpfte hinaus.

Ich sagte nichts. Bewegte mich nicht, bis die Tür sich mit einem Klicken wieder schloss. Dann rannte ich zum Fenster und tauchte unter die Vorhänge, um rauszugucken. Sie verstaute das Geld auf dem Rücksitz ihres Wagens. Das gelbe Innenlicht war eingeschaltet, deswegen konnte ich deutlich erkennen, wie sie den Schlüssel ins Zündschloss steckte. Sie schaute herüber. Das Licht erlosch, als der Motor ansprang, aber sie sah mich noch immer an und winkte ihr eigentümliches Winken mit nur einem Finger. Dann begann der rote Blinker zu pulsieren und sie fuhr davon. Ihr Wagen war ein knallgelber Vauxhall Nova. »No va« ist übrigens Spanisch und bedeutet »Geh nicht« oder »Geht nicht«. Aber dieser hier ging. Offenbar ein Übersetzungsfehler.

17

Der Schutzpatron der Autofahrer ist natürlich der heilige Christophorus (Daten fehlen, wahrscheinlich legendär). Die Geschichte, die immer über ihn erzählt wird, ist die von dem bulligen Türsteher, der für den König irgendeines Landes arbeiten wollte, keine Ahnung, welches. Dann merkte er, dass dieser König Angst vor dem Tod hatte, also sagte sich Christophorus, ich arbeite doch nicht für den zweitmächtigsten, also will ich für den Tod arbeiten. Und das tat er – ehrlich gesagt ist mir nicht ganz klar, was genau seine Aufgabe war, denn der Tod braucht ja eigentlich nicht viel Hilfe. Jedenfalls stellt sich raus, dass auch der Tod sich vor jemandem fürchtet, nämlich vor dem Jesuskind, also beschloss Christophorus ... na ja, und so weiter. Das Ganze ist natürlich total komplett erfunden. Also wirklich Quatsch. Was bedeutet, dass es nie einen heiligen Christophorus gegeben hat, und man hat ihn aus der Heiligenliste offiziell gestrichen, genau wie den heiligen Pyr, den man tot am Grunde eines Brunnens fand und den die Kirche dann irrtümlich heilig sprach.

Also sind Autofahrer genauso wie Lügner oder Immobilienmakler. Sie haben keinen richtigen Schutzheiligen. Als Dorothy unser Geld mitnahm und wegfuhr, passte also niemand auf sie auf. Und mit dem Geld war es die ganze Zeit genau dasselbe. Die Leute holten es sich und dann holte sie der Teufel.

Ich stand immer noch hinter den Vorhängen, als Dad herunterkam. Ich starrte auf die Straße, denn vielleicht kam sie ja zurück. Hinter mir war zu hören, wie Dad und Anthony in Panik ausbrachen.

»Das Geld ist weg! Und sie war eben noch hier und jetzt ist sie auch weg. Ihr Wagen ist nicht mehr da.«

»Und Damian auch nicht«, sagte Anthony.

»Nein«, brüllte ich. »Ich bin hier. Hinter den Vorhängen.«

Dad zog die Vorhänge beiseite. »Wo ist Dorothy?«, fragte er.

»Ich weiß nicht. Sie kam rein, nahm das Geld und ging wieder. Ich weiß nicht mal mehr, wie sie reingekommen ist.«

»Sie nahm das Geld? Alles?«

Anthony zuckte mit den Achseln. »Genau, wie ich gesagt hab. Ich hab dich doch gewarnt.«

»Sei bloß still. Damian, los, denk nach. Was hat sie gesagt?«

»Sie hat gesagt: Pscht, leise.«

»Und was hast du gesagt?«

»Ich war leise.«

Dad stöhnte auf und ließ sich in den großen Sessel plumpsen. Dann setzte er sich wieder auf, weil ihm etwas eingefallen war. Er wühlte hinten im Sessel herum und tauchte mit der Hand voll Zwanziger wieder auf, die er am Abend zuvor dort versteckt hatte. Enttäuschenderweise war es nicht besonders viel. »Hundertzwanzig. Hundertzwanzig Pfund von …«

»Zweihundertneunundzwanzigtausenddrei…«

»Schon gut, Anthony, vielen Dank, sei still!«

»Genau, wie ich gesagt hab.«

»Du hast es nicht nur gesagt, du hast sogar gesagt, dass du's gesagt hast, und jetzt sagst du, dass du gesagt hast, dass du's gesagt hast, es reicht also, okay?« Dad ließ den Kopf hängen und begann mit sich selbst zu sprechen statt mit uns. »Denk nach«, sagte er, »denk nach.« Dann rannte er plötzlich die Treppe hinauf und kam mit seinem Handy wieder herunter. Er fand ihre Nummer unter »Eingegangene Nachrichten«, stieß einen Jubelschrei aus und wählte sie.

Anthony stellte seine Stimme auf Roboter und leierte: »Die Nummer, die Sie gewählt haben, ist vorübergehend nicht erreichbar …«

Und so war es.

Dad funkelte ihn wütend an. »Die Hilfsorganisation. Diese Hilfsorganisation, für die sie gearbeitet hat. Wie hieß die noch gleich?«

»Water Aid.«

Dad fragte bei der Auskunft nach. »Ihr zwei wartet dadrin«, sagte er und deutete Richtung Wohnzimmer, während er gleichzeitig telefonierte. »Oh, verstehe. Die Spenden werden von einem Subunternehmen betreut.« Water Aid wusste nichts von Dorothy. »Und wie heißt es? Vielen Dank.«

Er wählte eine andere Nummer und sah zu uns herüber. »Gleich«, sagte er. »Bin in der Warteschleife.« Er setzte sich unten auf die Treppe. Wir hörten ein mechanisches Orchester in der Leitung dudeln. Dad saß da, schweigend, horchte auf die Musik. Er behielt das Handy in der Hand und versuchte Dorothy übers Festnetz zu erreichen.

»Sie weiß, dass du es bist«, sagte Anthony. »Und sie geht nicht ran, wenn sie weiß, dass du es bist. Wenn du vor der Nummer erst die 141 wählst, wird deine Rufnummer unterdrückt, dann weiß sie nicht, dass du es bist.«

»Woher weißt du das? Wozu musst du so was bitte wissen?«

»Versuch's einfach. Wenn sie nicht weiß, dass du es bist …«

»Ich hab dir doch gesagt, du sollst still sein. Sammel die Lichterketten ein und leg sie in die Schachtel zurück.«

»Stellen wir den Baum nicht wieder auf?«

»Nein, tun wir nicht. Na los, schwing dich in die Hufe.«

Anthony begann die Lichterketten der Weihnachtsbaumruine zu entheddern. Dad ließ das Handy sinken und sagte: »Wie war die Zahlenkombination noch mal?«

»141.«

Er wählte. Wählte wieder. Und wieder. Dreizehnmal. Dann setzte er sich in den großen Sessel und kontrollierte sicherheitshalber noch mal die Stelle hinter dem Kissen. Nichts. Wir saßen da und hörten zu, wie die Standuhr an den letzten Stunden der alten Währung kaute.

Ich überredete Anthony eine Runde Quartett zu spielen. Weil wir uns nicht trauten raufzugehen und sein Raubtierquartett zu holen, versuchten wir es mit meinen Heiligenkarten. Bei den Raubtieren kriegt man Punkte für Gefährlichkeit oder Gewicht. Stattdessen nahmen wir die Lebensdaten und die Namenstage der Heiligen. Es war völliger Blödsinn. Ich brauchte ungefähr dreißig Sekunden, um zu gewinnen. Anthony kennt nicht mal seinen eigenen Namenstag.

Ich schaute zum Fernseher hinüber, obwohl er nicht angeschaltet war. Ich sah die Digitalbox und die Kabel hinauf zur Dachantenne, die mit Signalen von Sendemasten auf einsamen Berggipfeln bombardiert wurde, während die Sendemasten selber überquollen von Signalen der Satelliten, die im Weltraum kreisten, dort wiederum Signale von der Erde empfingen und sie zurückwarfen – Fernsehen, Telefon, Funkverkehr von Schiffen und Autos –, so dass der ganze Himmel einem riesigen Fadenspiel aus kreuz und quer verlaufenden Strahlen, Signalen und Nachrichten glich.

Ich hielt gerade meine Karte von der heiligen Klara in der Hand und musste daran denken, wie sie in ihrer Eremitage gesessen und Visionen von sich verschickt hatte. Damals hatte es weder Fernsehen noch Telefon gegeben, also war die Luft vollkommen leer gewesen, abgesehen von Vögeln und diesen Visionen der heiligen Klara. Ob es heutzutage auch noch funktionieren würde?

Mein Gesicht spiegelte sich in dem dunklen Bildschirm des Fernsehers. Ich versuchte mir vorzustellen, es würde ins Kabel hineingesaugt und durch die Drähte nach oben sausen, wo die Antenne es wieder ausspuckte. Ich sah, wie es durch die Luft schoss, vorbei an einem Wirrwarr von Telefonaten und Radiosendungen in den Weltraum hinausschwebte. Dort oben versuchte ich die Herden wandernder Satelliten zu erkennen und wie die heilige Klara in ihrer Eigenschaft als Schutzpatronin von Rundfunk und Fernsehen über sie wachte. Ein bisschen sahen sie aus wie schwebende Monstranzen. Ich stellte mir vor, gegen einen dieser Satelliten zu prallen und zur Erde zurückkatapultiert zu werden, immer schneller beschleunigend, wie ein rasender Komet beim Eintritt in die Atmosphäre. Wie ich durch den Jetstream der Troposphäre zischte und mich durch die Wolkendecke kämpfte, bis unter mir schließlich ein Gewirr von Leitungen und Schaltkreisen mit einer leuchtenden Mitte auftauchte. Die Leitungen und Schaltkreise waren eine Stadt und das leuchtende Etwas war das gläserne Dach des Bahnhofs. Ich drang durch das Glasdach wie ein Lichtstrahl und landete auf einem Bahnsteig, während ringsum Menschen vorbeihasteten, die ihren Zug erreichen wollten. Andere küssten sich zum Abschied. Wieder andere sahen gerade auf die Uhr. Manche trugen mit Kaffee gefüllte Pappbecher.

Dorothy lief an mir vorbei und stieg in einen Waggon.

Durch das Fenster konnte ich sehen, wie sie sich mit einer Dame an ihrem Tisch unterhielt und sich setzte. Ich wich zurück, irgendwie aus Angst, dass sie mich sehen könnte. Sie griff nach einer großen Tasche und versuchte sie auf die Gepäckablage zu wuchten. Eine schwere Tasche – wahrscheinlich voll mit Geld. Dorothy müsste die Gepäckablage verfehlt haben, denn ihre Tasche sackte wieder nach unten und plumpste auf den Tisch. Sie lächelte die Dame entschuldigend an und warf einen Blick aus dem Fenster. Kein Zweifel, sie sah mich. Es war wie ein Faustschlag. Ich dachte, ich wäre unsichtbar. Eigentlich hielt ich das Ganze für einen Traum. Aber sie konnte mich sehen. Obwohl ich immer noch zu Hause war. Ich hatte ihr eine Vision von mir geschickt.

Dann sah ich plötzlich wieder Dad und Anthony im Wohnzimmer. Sie waren zwischen mir und ihr, wie wenn man im Dunkeln aus einem Fenster guckt und durch die Scheibe erkennen kann, was sich vor einem befindet, und gleichzeitig auf dem Glas sieht, was hinter einem ist. Hinter der Scheibe war der Zug mit Dorothy, die mich ansah. Ein Pfiff ertönte. Dann gab es ein kleines Durcheinander. Ich sah, wie sie die Augenbrauen hob, als würde sie sich fragen, was ich dort zu suchen hätte. Dann hörte ich, wie die Maschinen aufheulten, und trat zurück. Ich befand mich immer noch im Wohnzimmer. Dort herrschte Schweigen.

Dad sah zu mir herüber, als hätte er gehört, wie ich das Zimmer betrat, obwohl ich es gar nicht verlassen hatte. Er sagte immer noch nichts. Er schaute zum Fenster. Dann runzelte er die Stirn. Beugte sich vor und runzelte sie abermals. Er stand auf. Ich folgte seinem Blick. Draußen schritt Dorothy auf unsere Haustür zu, sie winkte zu uns herein. Dad riss an der Türklinke wie an einem Knallbonbon. Vor unserem Haus parkte ein großer roter Kleinbus, ein Toyota Previa.

»Habt ihr gedacht, ich wäre auf und davon?«

»Nein«, sagte Dad.

»Ja«, sagte Anthony.

»Anthony schon«, sagte Dad.

»Ich war bloß ein bisschen übereifrig. Und gründlich, na ja.«

»Übereifrig und gründlich, genau, was ich gesagt

habe«, sagte Dad, der auf seinen Schuhsohlen auf und ab federte.

»Ich war auf der Arbeit. Ich hab den Wagen gekauft und bar bezahlt. Schien mir eine gute Methode zu sein, erst mal einen ganzen Haufen loszuwerden. Jetzt für Pfund kaufen und nächste Woche für Euro verkaufen. Wir machen dabei ein bisschen Verlust, aber nicht viel. Diese Dinger verlieren nicht an Wert. Ach ja, und ich bin zur Bank und habe 2000 umgetauscht. Also haben wir noch 150000 übrig und einen Nachmittag lang Zeit, es alles umzutauschen. Sollen wir?«

»Ja, wir sollen!«, brüllte Dad.

Zehn Minuten später saßen wir hinten in dem Previa und waren unterwegs nach Manchester, weil dort mehr Banken sind. Das Wort »Previa« bedeutet übrigens überhaupt nichts. Als sich nämlich herausstellte, dass ein Wagen mit dem Namen »Nova« sich in Spanien nicht gut verkauft, beauftragte man Leute damit, sich Namen auszudenken, die in keiner Sprache irgendwas bedeuten. Dadurch wird sichergestellt, dass der neue Autoname nicht zufällig auf Serbisch »unbequem« oder auf Walisisch »gefährlich« bedeutet. Also gibt es diese Leute, die den ganzen Tag rumsitzen und versuchen neue Wörter zu erfinden, die absolut nichts bedeuten. Das muss man sich mal vorstellen. »Previa« ist eins davon und »Megane« auch und ... na ja, jedenfalls gibt es Unmengen solcher Wörter. Wenn man bedenkt, wie viele Menschen auf Autobahnen herumfahren, ohne Schutzheiligen und mit Namen auf ihren Wagen, die absolut nichts bedeuten, bereitet einem das im wahrsten Sinn des Wortes Kopfzerbrechen.

»Wenn die Banken überfüllt sind, können wir's auch in den Wechselstuben probieren«, schlug Anthony vor. »Wir müssen das Geld ja nicht in Euro umtauschen, Dollar gehen auch. Das ist vielleicht sogar besser. Diese Woche wird der Euro steigen, weil wegen des Beitritts alle kaufen. Wenn wir Dollar nehmen und abwarten, bis die Lage sich beruhigt hat, machen wir wahrscheinlich ein Plus. Was denkt ihr?«

»Ich denke, dass ich das falsche Kind vom Krankenhaus abgeholt habe«, sagte Dad. »Wo hab ich dich bloß her, Anthony?«

Als wir in Manchester ankamen, schlug Dorothy vor, dass wir uns aufteilten. Sie und ich würden alle Banken nördlich vom Stadtzentrum abklappern und Dad und Anthony alle südlichen. »Bloß für den Fall, dass wir länger anstehen müssen.«

Die Deansgate war menschenleer, als wir an dem riesigen Weihnachtsbaum vorbeihasteten. Der Grund war, dass die Menschen sich bereits alle in der Bank aufhielten. Beim Öffnen der Tür hatte man den Eindruck, aus Versehen an dem Versuch teilzunehmen, in der Disziplin »Wie viele Menschen passen in ein Gebäude?« den neuen Weltrekord aufzustellen. Aus weiter Ferne verkündete eine Roboterstimme: »Schalter drei ist jetzt frei, Schalter drei bitte!« Von Zeit zu Zeit wiederholte sie auch: »Um kleinere Beträge umzutauschen, nutzen Sie bitte den Automaten links im Eingangsbereich.« Aber niemand tat es.

Dorothy wurde unruhig. Sie versuchte mich in die Nachbarschlange abzuschieben, falls es dort schneller ginge, aber als ich unter der Seilabsperrung durchtauchen wollte, schubste mich ein Herr im Dufflecoat wieder zurück.

Sie begann mit der Tasche herumzuhantieren. Ich stand Schmiere, während sie ein paar weitere tausend Pfund herausholte und diskret in den Tiefen ihres Mantels verschwinden ließ. Als ich nach unten schaute, um zu sehen, ob sie fertig war, sah ich in der geöffneten Tasche ihr Bahnticket. Sie drehte sich um und lächelte mich an, aber ich änderte gerade noch rechtzeitig die Blickrichtung.

Schließlich standen wir vor dem Schalter. Das Gesicht der Dame hinter der Glasscheibe war ganz gerötet und verschwitzt, als wäre Hochsommer. Sie unterhielt sich die ganze Zeit mit dem Kollegen vom Schalter nebenan. Wegen der Verglasung konnten wir aber nicht hören, was sie sagten. Dorothy schob ihr Geldbündel durch die Öffnung. Die Dame nahm es und ordnete die Scheine. »Wie viel ist das, bitte?«, fragte sie.

»Fünftausend.«

»Ein bisschen viel. Sind Sie bei uns Kontoinhaber?«

»Nein, ich wollte heute einen neuen Wagen kaufen, aber er ist noch nicht fertig. Ich habe drei Monate dafür gespart und jetzt ist er nicht fertig, also muss ich das Geld umtauschen.«

»Das ist ein ungewöhnlich hoher Betrag.«

»Tja, genau aus dem Grund will ich ihn auch nicht verlieren.«

Die Frau sah sich suchend um. Sie wollte den Filialleiter rufen.

»Ich kann Ihnen versichern, dass es kein ungewöhnlich hoher Betrag ist, um ein Auto zu kaufen.«

Der Filialleiter war beschäftigt. Das Rot im Gesicht der Dame wurde eine Spur dunkler. Ich begann mit den Hacken auf und ab zu wippen und zog Dorothy am Ärmel. »Was? Was willst du?«, schnauzte sie mich an.

»Ich muss pinkeln.«

»Na wunderbar. Wir stehen eine halbe Stunde an und jetzt, wo wir endlich dran sind, musst du pinkeln!«

»Ich muss aber.«

Die Rotgesichtige hatte uns den Rücken zugedreht und winkte den Filialleiter heran. Dorothy klopfte an die Scheibe und deutete auf mich. Inzwischen hüpfte ich auf und ab wie ein Jo-Jo. »Haben Sie hier eine Toilette? Eine für Kunden?«

»Leider nicht.«

»Irgendeine müssen Sie doch haben. Wo gehen Sie denn?«

»Auf dieser Seite hier. Und das hier ist der Sicherheitsbereich. Ohne Sondergenehmigung kommen Sie hier nicht rein. Toiletten gibt es bei Marks & Spencer's, ein Stück die Straße rauf.«

»Das heißt, ich muss erst zu Marks & Spencer's gehen, mich dann mit meinem sauer verdienten Geld wieder hinten anstellen und einfach drauf hoffen, dass ich noch drankomme, bevor Sie schließen? Ich brauche diesen Wagen für meinen Job. Wenn ich dieses Geld nicht umtausche, hab ich's die längste Zeit gehabt. Ich kann doch nicht …«

»Schon gut, schon gut.« Die Dame legte den Packen Scheine in eine Zählmaschine und gab Dorothy dafür 7042 Euro in einem großen braunen Umschlag.

Dorothy war nervös und gereizt. Sie schleifte mich fast die Straße entlang. »Okay«, sagte sie. »M & S, wo ist dieser verdammte Laden?«

»Ich muss doch gar nicht pinkeln«, sagte ich. Es dauerte einen Moment, bis sie kapierte. »Ich dachte halt, das setzt sie ein bisschen unter Druck.«

»Also nein, du bist mir einer!«, jauchzte sie. Ich fasste es als Kompliment auf. »Du Schauspieler!« Auch das nahm ich als Kompliment. »Du gerissener kleiner Ganove!« Das gefiel mir nicht so gut.

Wir rannten zur nächsten Bank. Auch dort klappte der Trick hervorragend. Und genauso bei der Halifax, der HSBC, der Royal Bank of Scotland und bei der Lloyds. Nur bei der Co-operative Bank hatten wir Pech, weil es dort eine Kundentoilette gab. Gegen vier hatten wir 62 000 Pfund umgetauscht. Die Banken begannen zu schließen.

»Irgendwo muss doch noch eine sein.«

»Im Kendal's-Kaufhaus gibt es eine Bank.« Ich hatte es kaum gesagt, da bereute ich es schon. Sie ergriff meine Hand und schleifte mich die Deansgate zurück und durch den Haupteingang ins Kaufhaus. Gleich wenn man reinkommt, steht man in der Kosmetikabteilung, wo Mum gearbeitet hat.

Als ich das letzte Mal hier war ... Egal. Sie hat jedenfalls am Clinique-Stand gearbeitet, mehr muss man nicht wissen. Gleich neben den Aufzügen.

Ich fand es immer schön, wenn wir sie abholten und schon sahen, bevor sie uns entdeckt hatte. Wir konnten zugucken, wie sie sich mit einer Kundin oder mit der Kollegin am selben Stand unterhielt oder wie sie aufräumte, und sie merkte gar nicht, dass man sie beobachtete. Sie trug einen weißen Overall mit einem schwarzen Namensschild darauf. Alle Frauen, die dort arbeiteten, hatten solche Haut wie sie – Haut, die strahlender und glatter wirkte als bei anderen. Und alle diese Frauen waren so sauber, wirklich makellos. Ständig lief irgendeine schöne Musik. So auch jetzt. Und all diese makellosen Frauen waren immer noch da. Nur sie nicht.

Eine von ihnen, die vom Chanel-Stand, starrte mich an, als wollte sie etwas sagen. Was schlimm genug war. Aber dann schien ihr nichts einzufallen. Was noch viel schlimmer war.

Ich musste so schnell wie möglich weg. »Zur Bank geht's da die Treppe rauf«, sagte ich, aber als ich mich umdrehte, sah ich nur mich selbst in einem großen Spiegel. Von Dorothy keine Spur. Ich schaute mich um und merkte, dass die Chanel-Frau wieder zu mir rübersah. Erst jetzt fiel mir auf, dass ihre Haut gar nicht glatt war. Sie hatte irgendeine Creme aufgetragen, die die Haut nur glatt erscheinen ließ. Am Ohr hatte sie eine Stelle übersehen. Es sah lächerlich aus. Mum wäre so etwas bestimmt nie passiert. Ich drehte mich um. Keine Dorothy. Nur ein großes Fotopappmodell einer dünnen braun gebrannten Frau, die einen Bikini trug und schwitzte. Mal rein medizinisch betrachtet ging mein Atem unregelmäßig.

Jemand berührte mich an der Schulter und ich wirbelte herum. Es war Dorothy. Ich schluckte, um nicht loszuheulen.

Sie blickte sich um und dann zu mir. »Woher weißt du denn von dieser Bank?«

Ich kriegte immer noch nicht richtig Luft.

»Hat hier nicht deine Mum gearbeitet?«

Sie wartete meine Antwort gar nicht erst ab. »Für heute habe ich lang genug angestanden«, sagte sie bloß, »komm, lass uns ein bisschen shoppen gehen.«

Eigentlich war mir nicht nach weltlichen Gütern, aber ich dachte, es wäre vielleicht unhöflich, es zu sagen. Ich folgte ihr die Rolltreppe hinauf. Sie wühlte in ihrer Tasche. Als wir oben waren, holte sie etwas heraus und warf es in den Mülleimer. Es war ihr Bahnticket.

Dorothy schleppte mich weder zu den Spielwaren noch in die Elektroabteilung. Sie ging mit mir zur Kinderbekleidung, suchte einen knallroten Dufflecoat aus und hielt ihn an mir hoch. Er hatte eine Kapuze, die über den ganzen Kopf ging, so dass der Mantel fast wie eine Franziskanerkutte aussah. »Wie Paddington, der Bär!«, sagte sie, ebenfalls eine treffende Umschreibung. Was weltliche Güter anbelangt, war es das Beste, was ich seit Ewigkeiten gesehen hatte.

Und wahrscheinlich das Einzige, was mir in dem ganzen Laden wirklich gefiel. Dorothy kaufte es mir. »Ich wette, er hat dir seit Ewigkeiten keinen Mantel mehr besorgt«, sagte sie. »Mäntel und Besteck, das sind die Dinge, die Väter niemals kaufen.«

Für sich selbst suchte sie eine Tasche aus.

Auf dem Weg zurück zur King Street kamen wir an einer Spielhölle vorbei, wo auf einem Schild die Aufschrift prangte: »Wir akzeptieren noch alte Münzen!« Es war fantastisch! Ich war zuvor noch nie in einer gewesen. Es gibt da so ein Ding, wo man Münzen auf so eine Art Tablett wirft, das sich vor und zurück bewegt, und man muss versuchen, mit seiner

Münze die anderen herunterzuschubsen. Ich gewann zweimal!

»Genau, was wir gebraucht haben«, sagte Dorothy. »Noch einen Sack voll altes Geld.«

Man konnte es dort gleich ausgeben. Wir kauften eine tolle ägyptische Vase und eine Portion Zuckerwatte, die in Tüten.

Am Wagen trafen wir Dad und Anthony. »Seid ihr alles losgeworden?«, fragte Dad.

»Wir hatten keine Lust mehr, stimmt's, Damian? Wollt ihr ein bisschen Zuckerwatte?« Dad zog ein großes Stück aus der Tüte. »Wie viel habt ihr bekommen?«

»Tja«, sagte Dad. »Wir hatten die geniale Idee zur Baugesellschaft zu gehen und das Haus abzubezahlen.«

»Fantastisch. Waren sie einverstanden?«

»Sie hatten geschlossen.«

»Oh.«

»Wir haben siebzigtausend.«

»Und wir nur zweiundsechzig, leider.«

»Tja, dann müssen wir uns wohl mit 132 000 Euro begnügen.«

»Und einem neuen Previa.«

»Und mit einem GameCube-Flugsimulator, einem Plasmabildschirm-Fernseher und einer Geschirrspülmaschine. Das war Anthonys Idee.«

»Oh. Na dann.«

Der Wagen war bis oben hin mit Zeugs voll gestopft.

Sie waren richtig glücklich. Auch Anthony. Ich glaube, einen Moment lang sogar ich. Bis mein Telefon summte. Es war eine SMS. Nicht von Glasauge, sondern von Anthony. Sie lautete: »Wir warten«, und darunter war ein Foto von Dad neben dem Wagen. Anthony musste die Nachricht ein paar Minuten zuvor geschickt haben. Nichts Beunruhigendes, aber es erinnerte mich daran, dass mich eine ganze Menge Dinge beunruhigten.

Schutzengel sollen auf einen aufpassen, aber natürlich wissen sie, wann man sterben muss. Es muss sie ganz schön traurig machen, einem beim Fußballspielen zuzugucken oder wie man Tee trinkt oder sonst was tut und dabei genau zu wissen, wann das alles vorbei sein wird. So fühlte ich mich an diesem Abend. Die anderen waren völlig ausgelassen. Sie holten sich etwas vom Inder, aßen es am Couchtisch und berieten dabei, was sie mit dem ganzen Geld tun wollten, das ringsum in Taschen auf dem Boden lag.

Dad schwebten nach wie vor große Reisen vor. Er listete ein paar Fernziele auf: Acapulco, Bondi, Barcelona – und Dorothy konterte mit ihren: Capri, Sardinien und Grönland, wegen der Nordlichter.

Anthony war immer noch auf Immobilien aus. Er hatte eine Anzeige für den Umbau alter Scheunen auf der Halbinsel Lleyn gesehen. »Die könnten wir vermieten – damit hätten wir ständige Einnahmen und gleichzeitig wäre es eine Steigerung des Kapitalwerts.«

»Das müssen aber sehr kleine Scheunen sein«, sagte Dad.

»Wieso?«

»Auf der Halbinsel Lleyn gibt's doch nur Schafe, oder? Keine Kühe. Oder wir vermieten an Zwerge.«

»Oder an Schafe.«

Sie waren so ausgelassen, dass sie einfach nur einen Grund zum Lachen suchten. Über die Schafe lachten sie fast fünf Stunden lang. Ich versuchte mitzumachen, aber insgeheim dachte ich die ganze Zeit: Nach dem nächsten Schafwitz sind wir alles wieder los. Es war acht Uhr.

Manchmal beginnt etwas als Witz, aber niemand möchte aufhören, und dann geht es immer weiter, bis es plötzlich tatsächlich passiert. Ich weiß nicht, wessen Idee es war, aber eine halbe Stunde später rührte Dad einen Eimer Tapetenkleister an. Sie hatten beschlossen, Anthonys Zimmer mit dem Rest der alten Scheine zu tapezieren.

Anthony legte seinen Teppich mit Zeitungen aus. Dorothy stellte oben vor der Treppe den Tapeziertisch auf und stimmte »Money, money, money« an. Sie und Dad begannen die vielen alten Zehner und Zwanziger mit Kleister voll zu pinseln, während Anthony sie sorgfältig an seine Wand pappte, wobei er jeden mit einer Bürste glatt strich und darauf achtete, dass sie eine schöne gerade Reihe bildeten wie Fliesen in einem Badezimmer. Sie kleisterten die ganze Fußballertapete mit alten Banknoten voll.

Dorothy flippte am meisten herum. »Ich kann nicht glauben, was ich da tue«, wiederholte sie die ganze Zeit und zwischendurch erzählte sie Witze. »Matheaufgabe: Was ergibt eine Latsche mal noch eine Latsche? Quadratlatschen! Latschen hoch zwei, kapiert?« Sie wartete gar nicht erst ab, ob wir's kapiert hatten. »Oder kennt ihr den: Liegt der Bauer tot im Zimmer, lebt er nimmer. Schlussfolgerung: Liegt die Bäu'rin tot daneben, ist auch sie nicht mehr am Leben!«

Ich merkte etwas Seltsames: Ich lachte mit. Glasauge war mir auf einmal völlig egal. Was war an dem Geld denn schon so wichtig? Dad hatte ein neues Auto. Er hatte einen tollen Tag gehabt. Er hatte eine neue Freundin. Er lachte. Mein Vater lachte. Auf einmal bekam ich Angst, dass ihr die Witze ausgehen könnten und dass dann alles vorbei wäre, deswegen holte ich mein *HAHAHA-BOING-BOING-BUCH*, wo massenweise Witze drinstehen, und jedes Mal wenn ihr nichts mehr einfiel, las ich einen daraus vor. Dann erinnerte sie das meistens an irgendeinen anderen. Und so ging es weiter, bis wir uns anhörten wie eine Horde Pinguine, die Lachgas inhalierten.

»Wie nennt man einen dicken Vegetarier?«

»Biotonne!«

Es war eigentlich lustiger, wenn jeder die Antwort kannte, weil dann alle zusammen losbrüllen konnten.

»Was ist ein Sattelschlepper?«

»Ein Cowboy ohne Pferd!«

Immer mehr von der Wand verschwand unter alten Geldscheinen, und Kleister verteilte sich überall im ganzen Zimmer.

»Und was ist schön knusprig braun und schwimmt unter Wasser?«

»Ein U-Brot!«

Diesmal lachte Anthony nicht mit – vielleicht, weil er die Antwort nicht gewusst hatte.

»Ein Matrose kommt zum Kapitän und sagt: Chef, wir haben zwei blinde Passagiere an Bord, was sollen wir tun?«

Dorothy sah niemanden an. Sie konzentrierte sich voll und ganz aufs Tapezieren. Und sie merkte auch nicht, wie Anthony sich leise hinausschlich.

»Drauf der Kapitän: Werft sie über Bord!«

Normalerweise hätte er sich in sein Zimmer zurückgezogen, aber wir dekorierten es ja gerade um.

»Kommt der Matrose nach zwei Minuten wieder und meint zum Kapitän: Und was machen wir jetzt mit den beiden Hunden? Kapiert? Blinde und Hunde, na?«

»Sehr gut«, sagte Dad.

Aber er lachte nicht. Er war ganz und gar mit der

Tapete beschäftigt, genau wie sie. Sie hätten eigentlich jederzeit aufhören können, aber beide waren wie hypnotisiert. Es war kein Witz mehr, sondern eine Aufgabe. Dad und Dorothy würden nicht eher Ruhe geben, bis auch der letzte alte Schein an Anthonys Wand klebte. Gerade als ich einen Zwanziger festpappte, lugte direkt über ihm der Kopf eines Fußballers hervor. Da fiel mir wieder ein, wie sehr Anthony seine Fußballertapete immer geliebt hatte. Ich schlich ebenfalls hinaus, um ihn zu suchen.

Anthony saß am Fußende meines Bettes, so wie Glasauge es getan hatte, nur wütender.

»Das ist alles deine Schuld«, zischte er.

»Ich weiß.«

»Weißt du nicht. Du weißt überhaupt nicht, was du getan hast.«

Im Nebenzimmer lachte Dad plötzlich lauthals über einen von Dorothys Witzen.

»Hörst du das? Ihm wird das Lachen schon noch im Hals stecken bleiben, wenn sie abhaut und ihn verlässt. Weißt du nicht mehr, wie er war, als Mum wegging?«

»Vielleicht geht sie ja gar nicht weg? Gestern hast du auch schon gesagt, sie würde gehen, aber dann ist sie zurückgekommen. Vielleicht ...«

»Willst du das etwa? Sie an Stelle von Mum? Hier bei uns im Haus? Mit ihren dummen Sprüchen und ihrer Lasagne ohne Mais? Willst du, dass sie hier unsere Mutter spielt?«

Darüber hatte ich noch gar nicht nachgedacht.

»Das warst alles du. Das ist alles wegen dir. Du und dein verdammtes Schwachozeug. Geld verschenken, Selbstgespräche führen, Dinge sehen, die gar nicht da sind. Du bist doch nicht normal. Du bist ein Problem.«

»Sag nicht so was.«

»Egal wo Mum jetzt ist, du kommst bestimmt nicht dorthin, weil du nämlich bekloppt bist. Du bist ein Bekloppter und gehörst eingesperrt.«

18

Die meisten machen sich ganz falsche Vorstellungen über Engel. So wie an Mums bestem Ort, wo die Krankenschwestern immer als Engel bezeichnet wurden. Oder auf dem Friedhof, wo auf manchen Grabsteinen steht: *Mein kleiner Engel* oder *Nun ist er ein Engel*. Menschen sind keine Engel. Und wenn man stirbt, wird man auch keiner. Engel sind eine vollkommen andere Spezies. Sie haben zum Beispiel keinen Bauchnabel, weil sie ja nicht geboren werden. Man bräuchte eine völlig andere Knochenstruktur und DNA und all das, um ein Engel zu sein. Deshalb wird kein Mensch zu einem Engel, der dann über einen anderen wacht. Niemals. Es ist biologisch einfach unmöglich.

Außerdem gibt es verschiedene Arten von Engeln: z.B. Cherubim, Seraphim, Mächte und Herrschaften – und manche von ihnen sind wirklich RIESIG. Schutzengel haben eine Größe von bis zu sechs Metern. Beschämend, sich vorzustellen, dass man all diese himmlischen Kräfte und Flügelspannweiten braucht, damit einem nichts zustößt. Und sehr oft funktioniert es nicht einmal.

Ich lag in meinem Bett, schaute an die Decke und wünschte mir, sie würde sich öffnen, mich in die pechschwarze Dunkelheit hineinsaugen und auf dem Speicher hinter dem Wassertank verstecken. Das Handy hatte ich in der Hand, auf Vibrierfunktion eingestellt, damit die anderen nicht geweckt würden.

Das Telefon vibrierte. Ich hielt es mir über den Kopf. Glasauge blickte vom Display auf mich herunter. »In zehn Minuten«, flüsterte er und ließ zweimal kurz hintereinander alle fünf Finger seiner Hand in meine Richtung schnellen. Ich nickte und ging hinunter, um das Geld zu holen.

Als ich mich der Haustür näherte, waren draußen Stimmen zu hören. Das musste Glasauge sein. Offenbar hatte er jemanden mitgebracht. Es klang nach mehr als nur ein paar Leuten. Vielleicht die ganze Bande. Einer von ihnen sagte: »Los, nun klingel schon.« Plötzlich bekam ich Angst, dass sie Dad aufwecken würden, die totale Panik.

Ich öffnete die Tür. Es war nicht Glasauge.

Es war ein Mann mit drei kleinen Mädchen. Ehe ich fragen konnte, was er wollte, war er schon am Reden: »Sieh dir nur diese Mädchen an ... Meine drei Mädchen, die der Weihnachtsmann vergessen hat. Verstehst du, was ich meine?«

Ich verstand es nicht. Ich blickte über seine Schulter und hielt nach Glasauge Ausschau, aber es war zu dunkel.

»Ihr seid unsere letzte Hoffnung. Wir haben nicht mal mehr das Fahrgeld für den Bus nach Hause, weil es eh keinen Sinn hat zurückzufahren, wenn ihr uns nicht helft. Unser Vermieter will uns vor die Tür setzen. Bitte, wir wollen doch nicht viel. Wenn ihr uns bloß aus dem Gröbsten …«

Er schob eins der Mädchen nach vorn und ich erkannte Gemma. »Tut mir Leid«, flüsterte sie, »Tricia Springer hat uns erzählt, dass sie dreitausend Pfund von euch gekriegt hat, für ein Weihnachtslied. Wir sind echt total pleite. Aber sag's nicht weiter.«

»Was wollt ihr denn? Ich meine, wie viel?«

»Oh, vielen Dank, mein Junge«, sagte Gemmas Vater. »Nur ein paar hundert. Drei vielleicht, das würde uns über das Gröbste …«

Die Tasche stand direkt hinter der Tür. Ich griff ein paar Scheine, die ganz oben lagen. Als ich sie ihm gab, fragte ich mich, wem Tricia wohl noch alles davon erzählt hatte.

Der Mann rief »JA!«, boxte in die Luft wie ein Sportchampion nach einem Sieg und zog mit seinen Mädchen ab. Als die vier von der Tür zurücktraten, schaltete sich die Halogenlampe des Bewegungsmelders an. Und da sah ich es:

Die ganze Straße war voller Leute. Hunderte von Menschen, die dicht an dicht standen und sich den Weg zu unserer Tür hinaufdrängten. Jeder Einzelne von ihnen starrte mit großen Augen zu mir herüber. Jeder

Einzelne von ihnen war bedürftig. Es waren Hunderte. Mir kamen sie vor wie Millionen.

Ich musste daran denken, was der heilige Petrus über den Absender auf den Briefumschlägen gesagt hatte. Er hatte Recht gehabt. Kein Wunder, schließlich ist er unfehlbar. Wir wurden belagert. In der Hoffnung, dass alles nur ein Traum war, schlug ich rasch die Tür zu. Der Knall weckte Dad. »Damian, mit wem redest du da?«, rief er schlaftrunken von oben.

»Mit niemandem. Ich hab nur was nachgesehen.«

Es klingelte. Ich erstarrte zu Stein. Bestimmt war er es. Es musste Glasauge sein. Ich musste aufmachen. Die anderen waren bestimmt nur Einbildung gewesen. Während ich noch überlegte, kam Dad die Treppe herunter und murmelte: »Wer ist denn das, mitten in der Nacht?«

»Ich mach schon auf.«

»Sei nicht albern!« Er riss die Tür auf und eine Dame in einem eleganten Kostüm trat ohne Umschweife ein und sagte: »Etwa 50 Prozent aller Familien mit einem chronisch kranken Kind brechen auseinander. Langzeitpflege verursacht Stress und ist auch finanziell belastend. Wir wollen den Menschen eine Auszeit ermöglichen und ihnen über die schwierigsten Phasen hinweghelfen, mit einfachen Dingen wie die Kostenübernahme von Bahnfahrten und Übernachtungen für nur …«

»Was zum … Wissen Sie eigentlich, wie spät es ist? Das hier ist ein privates Haus. Hier wohnen Kinder …«

»Ganz genau, Kinder. Genau um die geht es. Um Kinder mit chronischen Leiden, was allein schon ein schweres Schicksal ist, aber allzu oft ist es obendrein der Auslöser dafür, dass die Familien dieser Kinder auseinander brechen.«

»Hören Sie, das klingt wunderbar, aber kommen Sie bitte morgen wieder, ja?«

Dad versuchte die Dame wieder hinauszudrängen, aber als er es schließlich schaffte, stand plötzlich ein großer Mann mit hochgegelten kurzen Haaren vor ihm und hielt etwas in die Höhe, was wie eine winzige Leiter aussah.

»Dies hier mag für Sie wie eine winzige Leiter aussehen, doch für einen Igel bedeutet es die letzte Rettung. Eine Frage von Leben und Tod.« Es war tatsächlich eine Minileiter. Mit ihrer Hilfe konnten sich Igel aus Kuhgittern oder Gullys befreien. »Es kostet acht Pfund, sie herzustellen und zu installieren. Mit Ihrer Hilfe könnten wir Hunderte von Igeln retten.«

»Warum ausgerechnet ich?«

»Hören Sie auf, alle wissen doch Bescheid. Warum geben Sie uns nicht ein bisschen was ab? Als kleines Dankeschön erhalten Sie diesen entzückenden Igel hier aus Porzellan.«

»Morgen früh. Wir reden morgen früh weiter. Also bitte jetzt. Ich habe Kinder ...« Und er deutete auf mich.

Aber es hatte keinen Zweck. Alle begannen zu

schreien und mit Flugblättern oder Fotos zu wedeln. Die Halogenlampe des Bewegungsmelders ging an und aus wie ein Blitzlichtgewitter. Es war, als würde die gesamte Weltbevölkerung versuchen, sich in unser Haus zu quetschen.

»Schauen Sie, das hier ist derselbe Esel nach nur drei Monaten Pflege bei uns!«

»Sie fragen sich bestimmt, warum die Waterloo Station dringend eine Lobby braucht?«

»Ich weiß, ein Reizdarmsyndrom ist nicht gerade sexy …«

»… und wenn Sie Ihre Spende als Schenkung für einen guten Zweck deklarieren, haben wir einen Zugewinn von 30 Prozent, ohne dass es Sie auch nur einen Penny kostet. Ich habe die Unterlagen gleich mitgebracht …«

»Yoga für Häftlinge …«

Während Dad die Leute anbrüllte, nahm ich die Tasche mit dem Bargeld, holte meinen neuen roten Dufflecoat von der Garderobe und schlich mich ins Wohnzimmer. Von draußen bummerte jemand ans Fenster und presste das Foto einer Frau mit Kopftuch gegen die Scheiben. »Sie wollen sie morgen zurückschicken! Sie sagen, isch soll Berufung einlegen, aber wie Berufung einlegen ohne Geld? Sie hat nisch einen mehr zu Hause. Sie alle tot!«

Der Mann war noch nicht fertig, als ihn schon ein anderer beiseite schob und selbst an die Scheibe zu klopfen begann. Es war, als müsste das ganze Haus jeden Moment unter der Not der Menschen zusammenbrechen. Alle sahen wütend und verzweifelt aus. »Anthony, mach die Tür zu!«, brüllte Dad, als hätte er Angst, sie könnten hereinstürmen und das Geld mitnehmen. Ich merkte, dass er Angst hatte, genau wie er sich vor IT-Terry gefürchtet hatte. Das festigte meinen Entschluss.

Ich öffnete die Hintertür zum Garten. Dort war niemand. Am anderen Ende des Gartens angekommen, warf ich die Tasche über den Zaun und kletterte hinterher. Die schreienden Stimmen waren immer noch zu hören. Bis zum Bahndamm schallten sie herüber. Als ich die Stechpalmenhecke erreichte, summte das Handy. Glasauge knurrte mich übers Display an. »Wo bist du, du kleiner Scheißer? Was zum Teufel ist da los?« Ich ließ das Handy fallen. Er brüllte weiter. Das Display schimmerte, als ich weiterlief und einen Blick zurückwarf. Wie ein sprechender Regentropfen. Weiter hinten, über der Cromarty Close, sah ich einen schwachen blauen Lichtschein in regelmäßigen Abständen aufblitzen. Die Polizei.

Anthony berichtete mir später, was in der Zwischenzeit passierte. Eine ganze Menge Polizisten tauchten auf, weil die Nachbarn sich über den Krach beschwert hatten. Die Polizei holte alle aus dem Haus und dann sollte Dad erklären, wie die Leute denn bitte darauf kämen, dass wir so viel Geld hätten. Dad sagte bloß: »Ich weiß es nicht. Jemand muss irgendwelche Dinge herumerzählt haben.«

»Und die stimmen natürlich nicht.«

»Natürlich nicht.«

Aber inzwischen war auch der Gemeindepolizist eingetroffen. Der neue Plasmabildschirm-Fernseher und die Geschirrspülmaschine fielen ihm sofort ins Auge und er fragte: »Hat der gute Herrgott Sie inzwischen ebenfalls mit Trost und Unterstützung überhäuft?«

»Wie bitte?«, sagte Dad.

»Dürfte ich mich mal umsehen?« Und schon war er auf der Treppe.

»Wo ist es?«, zischte Dad Anthony zu. »Wo ist es alles hin?« Denn die Tasche mit dem Geld war nirgends zu entdecken. Es war Anthony, der bemerkte, dass auch mein Mantel nicht mehr da war. Er sagte nichts. Er wusste, wo er mich finden würde. Heimlich öffnete er die Tür zum Garten. Und dort auf der Terrasse stand Glasauge.

Er beugte sich zu Anthony hinunter und zischte ihm direkt ins Gesicht: »Du bist doch der Trickser von euch beiden, stimmt's? Letztes Mal hast du mich auch schon an der Nase rumgeführt. Versuch das nicht noch mal, sonst ersäuf ich dich, kapiert?«

Anthony trat zurück und ließ ihn herein.

»Wo ist es?«

Anthony sagte, es wäre oben in seinem Zimmer.

Glasauge schubste ihn vor sich her und folgte ihm die Treppe hinauf. Und das Erste, was er sah, noch ehe er das Zimmer richtig betreten hatte, war eine von oben bis unten mit alten Geldscheinen zugekleisterte Wand. Übrigens nehmen sie den Tapetenkleister nicht so gut an, deswegen hatten sich inzwischen ein paar Blasen gebildet. Es sah aus, als würde das Geld die Wände hinaufkriechen. Glasauge ging hinein und starrte das Geld aus nächster Nähe an, als würde er seinen Augen nicht trauen. Er berührte es. Erst in diesem Moment bemerkte er den Gemeindepolizisten, der bereits im Zimmer war. »Wussten Sie eigentlich«, sagte er zu Glasauge, »dass 70 Prozent aller britischen Banknoten Spuren von Kokain aufweisen? Und bei etwa 40 Prozent lassen sich Spuren von Schießpulver feststellen. Von Schusswaffen, verstehen Sie? Das klebt alles an diesen Scheinen. Wenn man es ihnen ansehen könnte. Das ist die Sache, dass man es ihnen nicht ansieht, diesen Banknoten. Menschen haben dafür hart gearbeitet, sie gestohlen, sie für irgendeinen Mist ausgegeben, haben sich aufgerieben, um an sie heranzukommen, und was interessiert das alles die Banknoten? Nicht die Bohne. Tja. Wer sind Sie?«

Glasauge legte den Kopf schief, um ihn mit seinem guten Auge besser sehen zu können. »Wer ich bin? Wer zum Teufel sind *Sie* denn?«

»Polizei«, sagte der Gemeindepolizist.

19

Zum selben Zeitpunkt befand ich mich am Bahndamm. In einer mächtigen Druckwelle aus Diesel und Lärm kreischte der Stadteinwärts-Zug vorbei, übertönte das laute Geschrei aus der Cromarty Close und zerwühlte mir die Haare. Sogar der dicke runde Mond schien leicht zu zittern. Als der Zug vorüber war, hatte ich dreizehn Minuten Zeit bis zum nächsten. Ich betrat das Bahngleis. Die Schienen schimmerten bläulich. Sie erschienen mir wie eine lange metallene Leiter bis hinauf zum Mond, der aussah wie der Eingang zu einem Tunnel voller Licht.

Ich kippte den Inhalt der Tasche auf die Schienen. Aus der Küche hatte ich eine Schachtel Streichhölzer mitgenommen. Ich versuchte eins anzuzünden, aber es erlosch, noch ehe es richtig brannte. Ich klemmte mir einen Zehneuroschein zwischen die Zähne und zündete ihn mit dem nächsten Streichholz an. Er fing sofort Feuer. Ich ließ ihn auf den Haufen fallen. Ich hatte gedacht, dass alles sofort in Flammen aufgehen würde, aber erst begann ein zweiter Schein langsam zu brennen und dann noch einer und noch einer, bis nach einer

Weile eine ganze Menge Scheine brannten. Der Sog ihrer eigenen Hitze trug sie nach oben, und sie begannen um mich herumzutanzen wie glühendes Konfetti. Ich musste lachen und plötzlich schoss von irgendwoher ein Schwarm Zebrafinken herbei, mitten durch die wirbelnden Scheine. Ihre fächelnden Flügel schienen das Feuer noch mehr anzufachen und immer mehr Flammen schossen in die Höhe. Ich streckte die Arme aus und begann mich zu drehen wie ein wirbelnder Kreisel, trieb das Feuer höher und höher.

Als ich innehielt, sah ich sie. Sie setzte sich, was mich erstaunte. Offenbar hatte sie schon eine ganze Weile dort gestanden und mir zugeschaut.

»Ich weiß, dass du nur ein Traum bist, aber das ist mir egal«, sagte ich. »Schön, dich zu sehen, auch wenn ich bloß träume.«

Sie lächelte. Dann blickte sie an mir vorbei ins Feuer. Der rosige Schein fiel auf ihr Gesicht. Ihre Haut schimmerte und war perfekt. Sie hatte weder Grundierung noch getönte Feuchtigkeitscreme aufgetragen. Sie hatte einfach bessere Haut als andere Mütter.

»Ich wollte Gutes damit tun, aber das Geld macht alles schlimmer«, erklärte ich.

Sie stand auf und einen Augenblick lang dachte ich, sie würde wieder gehen. »Sprich mit mir!«, schrie ich. »Bitte«, fügte ich leiser hinzu.

Sie sah auf ihre Uhr. »Zwei Minuten, okay?«, sagte sie. »Und hör mal: Ich bin immer noch deine Mutter, und ich bin tot, also weiß ich, wovon ich spreche. In Ordnung?«

Natürlich war es in Ordnung.

»Dein Haar könnte mal eine Pflegespülung vertragen. Dein Dad denkt nicht an so was, aber es macht wirklich einen Unterschied, glaub mir. Zur Zahnpflege: Es hat wenig Sinn, wenn du deine Gebete aufsagst, darüber aber das Zähneputzen vergisst. Mit entzündetem Zahnfleisch verdirbst du dir deine Zukunftsaussichten und verlierst deine Lebensfreude. Im Fegefeuer wimmelt es nur so von Menschen ohne Lebensfreude. Und das ist alles vermeidbar. Nun zu Anthony. Er scheint die Dinge besser verkraftet zu haben als du, aber das stimmt nicht. Er hat ein gutes Herz. Er weiß im Moment nur nicht, na ja, wo es ist. Er wird dich brauchen. Sei lieb zu ihm. Zu mir: Um mich brauchst du dir keine Sorgen zu machen. Das hast du doch, oder?«

Ich nickte einfach nur.

»Hör auf damit. Dort, wo ich bin, ist es sehr interessant. Wir haben gut zu tun.«

»Und was ist mit Dad?«

»Na, zu ihm sollst du natürlich auch lieb sein. Er ist dein Vater.«

»Nein, ich meine: Könntest du nicht mal mit ihm reden?«

»Worüber?«

Ich wusste nicht, ob ich es sagen sollte.

»Er kann mich sowieso nicht sehen.«

»Warum denn nicht?« Doch im Grunde wusste ich es. Ich drehte mich um und warf einen Blick auf unser Haus.

»Es ist wegen ihr, stimmt's? Wegen ihr und deinem Dad. Damian, du weißt doch, wie kompliziert das alles mit dem Geld war? Und die Menschen sind noch viel komplizierter. Du möchtest gern, dass die Dinge gut oder schlecht sind. Sie sind aber kompliziert. Doch es gibt fast immer genug Gutes, für das es sich weiterzumachen lohnt, das darf man nie vergessen. Du musst bloß ein bisschen Vertrauen haben. Und wenn du Vertrauen in die Menschen hast, macht es sie stärker. Und du … du hast genug davon, genug für euch alle drei. Deswegen zähle ich auf dich.«

»Ich hab mir keine Sorgen um dich gemacht. Ich hab dich vermisst.«

»Na, das ist erlaubt.«

»Anthony sagt, dass du keine Heilige bist.«

»Na ja, die Kriterien sind sehr streng. Es kommt nicht nur drauf an, immer ein guter Mensch zu sein und all das … Man muss auch ein echtes Wunder vollbringen.«

»Das heißt …«

»Oh, ich bin dabei. Ist doch klar.«

»Und was war dein Wunder?«

»Weißt du das denn nicht?« Sie musterte mich von oben bis unten und dann sagte sie ganz leise: »Du natürlich.«

Aus der Ferne hörte ich, wie Anthony nach mir rief. Ich trat vom Bahngleis herunter und sie auch, so dass es nun zwischen uns lag. Der Zug rauschte heran und trennte uns. Ich war mir sicher, dass sie verschwunden sein würde, wenn der letzte Waggon vorbeigedonnert war und die Sicht wieder freigab. Aber sie stand noch dort. Sie war immer noch da. Ich grinste.

Anthony kam näher und wurde lauter. »Ich komme!«, rief ich und wandte mich ab, um ihm entgegenzugehen.

»Hey«, sagte sie.

Ich schaute zurück.

»Willst du dich denn nicht verabschieden?«

Ich rannte übers Gleis zu ihr hin und umarmte sie. Sie roch nach Clinique und nach Regen. Und sie war warm. Jedenfalls kam es mir so vor. Vielleicht war es auch nur die Hitze des brennenden Geldes, die mir entgegenschlug. Aber dann fühlte ich ihren Ehering, der mir durchs Haar fuhr, und da wusste ich, dass sie mich wirklich umarmte. Und plötzlich kamen mir all die Dinge, die sie die ganze Zeit von mir getrennt hatten, nur noch wie ein Traum vor. »Sei lieb zu ihm«, flüsterte sie. Dann war sie verschwunden.

»Was hast du da gemacht?«, fragte Anthony.

Im Grunde wusste er es. Er sagte nichts. Als ich loslief, trottete er hinter mir her. Ich schaute ihn nicht an, als ich ihn fragte: »Hast du sie gesehen?«

Er sagte nicht nein. »Was hat sie gesagt?«, fragte er.

Ich blieb stehen und drehte mich zu ihm um. »Sie war mit uns zufrieden. Sie meinte, es wird alles gut.«

Wir machten uns auf den Rückweg.

»Damian«, sagte Anthony. »Du bist übrigens doch nicht bekloppt.«

»Ich weiß«, erwiderte ich. »Aber du.« Ich lachte und rannte los.

»Pass bloß auf!« Er jagte hinter mir her. Wir waren etwa bei neunzig, als wir die Küchentür erreichten. Dad schreckte auf, als ob ein Komet durchs Fenster hereingeflogen wäre.

»Wo zum Teufel bist du gewesen?«, brüllte er mich an.

Dorothy war da und die Polizei ebenfalls.

»Wir wollten gerade eine Tasse Tee trinken«, begrüßte uns der Gemeindepolizist.

»Er hat's verbrannt.«

»Er hat was?«

»Damian hat das Geld verbrannt.«

Der Polizeibeamte sah mich durchdringend an. Dann sagte er: »Dann ist ja kein Schaden entstanden. So hatte es die Regierung schließlich von Anfang an geplant. Das hat was damit zu tun, wie viel Geld im Umlauf ist.«

Dad marschierte ins vordere Zimmer und öffnete das Fenster. Die Stimmen von der Straße fluteten herein wie Wasser. »Hören Sie zu!«, brüllte Dad. Es wurde still. »Meine Jungs … einer meiner Jungs … er hat …

das Geld verbrannt ... dahinten am Bahndamm. Und zwar alles!«

Kein Ton, keine Reaktion. Als ob dort draußen niemand wäre. Dann war eine einzelne Stimme zu vernehmen, die eines alten Mannes: »Was meinen Sie genau damit, verbrannt? Wie schlimm verbrannt?«

»Wie bitte?«

»Wenn man die Seriennummer noch erkennen kann, bekommt man das Geld doch von der Bank ersetzt.«

Eine weitere Sekunde herrschte Stille, dann explodierte ein Geysir aus Stimmen. Alles schrie und brüllte durcheinander, schubste und drängelte, und die ganze Menschenmenge ergoss sich von der Straße in die Gärten und wogte Richtung Bahndamm.

Die Polizei nahm die Verfolgung auf, weil sie eine größere Anzahl Fälle unerlaubten Betretens von Bahngelände befürchtete.

Wodurch nun nur noch Dad, Anthony, Dorothy und ich übrig blieben. Dorothy zog sich ihren Mantel an und sagte: »Tja, immerhin hat die ganze Aktion doch Spaß gemacht, oder?«

»Hör mal, wenn du den Wagen haben willst ...«, sagte Dad.

»Nein, nein, ich liebe mein kleines Auto. Trotzdem vielen Dank.« Sie küsste ihn auf die Wange, wuschelte mir durchs Haar und wollte es fast schon auch bei Anthony tun, hielt sich aber gerade noch rechtzeitig zurück. Und dann ging sie.

Wir standen schweigend da. Ich lauschte darauf, dass ihr Motor ansprang. Aber er tat es nicht. Stattdessen klingelte es an der Tür. Sie war wieder da. »Also, ich weiß nicht, wie ich's sagen soll«, sagte sie, »aber um ehrlich zu sein …« Sie ließ eine Hand in ihren Mantel gleiten. »Ich habe ein bisschen was beiseite getan. Für mich. Aber es gehört ja eigentlich euch.«

Und sie legte ein Geldbündel auf den Tisch.

Dad wirkte zuerst schockiert und dann erfreut.

»Es sind sechstausend!«, sagte sie.

Er ging zur Keksdose, die auf dem obersten Regal stand, holte ein zweites Bündel heraus und legte es neben Dorothys. Sie lachte. »Du alter Gauner!«

»Die Dollar. Bei denen hatte ich irgendwie so ein anderes Gefühl. Umgerechnet sind es zehntausend Euro.«

»Zehn! Du bist ja noch schlimmer als ich! Fast doppelt so schlimm!«

Anthony zog etwas aus seiner Bademanteltasche. Es war ein zusammengerolltes Geldbündel von der Größe einer Apfelsine. »Ich hab einfach gerne immer eins dabei. Weil es ein gutes Gefühl ist. Es war nicht so sehr wegen dem Geld. Mehr so was wie eine Anti-Stress-Kugel.«

»Wie viel?«

»Viertausenddreihundertfünfundvierzig.«

Wir starrten ihn an. Er zuckte mit den Achseln. »Ich zähl's halt gern.«

Die drei blickten mich erwartungsvoll an. »Was

guckt ihr denn so?«, sagte ich. »Ich hab nichts.« Sie glotzten weiter. »Wirklich nicht!«

»Du hättest wirklich ein bisschen was beiseite schaffen können, du Idiot!«

»Hab ich aber nicht.«

20

Wenn mein Bruder Anthony diese Geschichte erzählen würde, hätte sie den traurigsten Schluss der Welt. Er hätte geschrieben: »Und so verpassten sie die einmalige Chance auf eine große Investition und mussten es ihr Leben lang bereuen.«

Anthony bereute es hundertmal am Tag. Jedes Mal wenn wir an einem Schaufenster vorbeikamen oder eine Reklame sahen, schüttelte er traurig den Kopf und dachte daran, was alles hätte sein können.

Es war nämlich Folgendes passiert: Weil ich das einzige total ehrliche Mitglied der Familie war, ließ Dad mich entscheiden, was wir mit dem Geld tun sollten. Also ließen wir für 20345 nagelneue Euro vierzehn handgebohrte Brunnen in Nigeria bauen.

Manchmal kann Geld aus deiner Hand wie frisches Wasser aus einer Pumpe auf ausgedörrten Boden fallen. Dann saugt die staubige Erde es begierig auf und plötzlich schießen aus ihr kilometerweit Getreide und Blumen hervor. Und alles an Samen und Wurzeln, alles Lebendige, das wie tot im Erdboden lag, erwacht zu neuem Leben.